ルーシー・テンプル

スザンナ・ローソン 作
山　本　典　子訳

溪水社

目次

前編『シャーロット・テンプル』のあらすじ

イギリス南部、チチェスターにある寄宿学校の生徒、十五歳のシャーロットは、ある日教会からの帰途、独立戦争前夜のアメリカへ出発を控えた陸軍中尉モントラヴィルに見初《そ》められる。仲を取り持つ不品行なフランス人教師ラ・ルー嬢に唆《そそのか》され、この純真な美少女は両親に心を残しながらも、一途な若い将校の情熱に負けてアメリカに駆け落ちする。ラ・ルーもモントラヴィルの親友で遊び人のベルクールに同行してアメリカに渡るが、船旅の途中で不誠実なベルクールを見限り、裕福で人の良いクレイトン大佐の心を捉え妻の座におさまる。

しかし、大西洋航海の船中で思いを遂げたモントラヴィルは、ニューヨークに着くとシャーロットへの熱も冷め、美しく聡明な富豪令嬢ジュリア・フランクリンと恋におちるが、シャーロットへの罪の意識のためジュリアに求婚できず、悶々としている。ラ・ルーを厄介払いし、密かにシャーロットを愛人にしたいと思っていたベルクールはシャーロットが不貞を働いているとモントラヴィルに偽りの告げ口をして、ジュリアとの結婚に踏み切らせる。そしてシャーロットにはモントラヴィルは彼女を捨てて他の女と結婚したと告げ、自分に頼ってくることを期待するが、シャーロットは衝撃を受け絶望しつつも、これ以上堕落することを拒む。妊娠し捨てられたシャーロットはショックから回復する頃には無一文になっていた。臨月の身で、借家から追い出され、以前の助言者でありフランス語教師だったラ・ルーに救いを求めて吹雪のなかをさまよい出る。ニューヨーク市街で一人の兵士に道を教えられたシャーロットは、この町で今はクレイトン夫人となっているラ・ルーの館に辿《たど》り着く。豪華な屋敷に住み、社会的地位も得ていたラ・ルーは、シャーロットと関わって自分の立場を危険に晒すことを恐れ、そんな気違い娘は知らぬと冷たく追い返す。力尽きたシャーロットはその屋敷の貧しい召使に助けられ、彼の粗末な小屋で介抱され、夜明け前に女児を出産するが、正気を失ってゆく。息絶える直前、娘を探してイギリスからやって来た父と再会し、我が子を託した後、安堵したシャーロットの魂は救われ、天国に旅立つ。

その頃ニューヨークに帰還命令を受けて戻ってきたモントラヴィルは身重のシャーロットのことがやはり気になり、置き去りにした家を訪れる。家は荒れ果て、やっと見つけたかっての召使の少女からシャーロットが家を追い出された事情を知り茫然とする。後悔の念で気も狂わんばかりになって夕暮れの道を帰っていると、弔鐘の音と共に葬列が粗末な小屋から出てくるのを見かけ、それがシャーロットのものと知る。悲嘆にくれる父親の前に思わず身を投げ出し、自分がシャーロットを死に追いやった誘惑者だと名乗り、胸を開いて、どうか刺し殺して後悔の惨めさから救ってほしいと頼む。父は「後悔の痛みが汝を罰するであろう」と言い残し、復讐を神の御手に委ねて立ち去る。そして乳飲み子の孫娘を連れて妻の待つイギリスへ帰って行く。

一方、ベルクールにだまされたと知ったモントラヴィルは激怒して、ベルクールに決闘を挑み、シャーロットのために復讐する。しかし後悔の念につきまとわれ生涯憂鬱の発作に襲われるようになる。

それから十年後、祖母にちなんでルーシーと名づけられた孫娘は健やかに成長し、シャーロットの再来のようにテンプル夫妻の心を慰める存在となった。彼らがロンドンに所用で滞在していたある日、散歩から帰ると玄関に衰弱した女が座っていた。見る影もなく零落したラ・ルーであった。夫妻はラ・ルーを憐れみ、病院に入れて安らかにあの世へと旅立たせる。

ニューヨーク市ウォール街に面するトリニティ教会墓地にある
シャーロット・テンプルの墓とされるもの

登場人物

ルーシー・テンプル・ブレイクニー　シャーロット・テンプルの遺児。祖父母に育てられ、祖父母の死後、後見人マシューズ氏の牧師館で暮らす。

アルフレッド・マシューズ　ハンプシャー州の牧師。ルーシー、メアリー、オーラの三人の孤児の後見をしている。

マシューズ夫人（フィリッパ・キャベンディッシュ）身分の高い貴族の娘。マシューズ氏の妻。

キャベンディッシュ老嬢（コンスタンシア・キャベンディッシュ）マシューズ夫人の独身の妹。

オーラ・メルヴィル　貧しい牧師の遺児。マシューズ氏に育てられている。

レディー・メアリー・ラムリー　僅かな財産しか持たない貴族の娘。後見人マシューズ氏の牧師館で暮らす。

ミス・テレサ・ブレントン　レディー・メアリー・ラムリーの友人。

スティーブン・ヘインズ卿　准男爵。財産目当てにメアリー・ラムリーと結婚する。
ロバート・エーンズリー卿　ロンドンの銀行家。ルーシーの財産を管理している。
エドワード・エーンズリー　エーンズリー卿の息子。オーラと結婚する。
フランクリン中尉　フランクリン氏の長男。ルーシーを愛し、結婚を申し込む。
フランクリン氏　フランクリン中尉の父。若い頃、モントラヴィルといいイギリス軍の将校としてアメリカ独立戦争を経験する。
ジュリア・フランクリン　フランクリン氏の妻。ニューヨークの資産家の一人娘。モントラヴィルのニューヨーク駐屯時代に、彼と知り合い結婚する。
ブランドフォード軍曹　マシューズ氏の牧師館近くに住む貧しい退役軍人。若い頃、ニューヨーク駐留のイギリス軍に所属していた。
シャーロット・テンプル　ルーシーの母。ニューヨークで恋人モントラヴィルに捨てられ、赤貧の中、ルーシーを産み落として十六年の短い生涯を終える。
ヘンリー・テンプル　シャーロットの父。シャーロットの死後、乳飲み子の孫娘をイギリスに連れ帰り、ルーシーと名づけて養育する。
テンプル夫人　シャーロットの母。ルーシーの祖母。旧姓ルーシー・エルドリッジ。

ルーシー・テンプル

作品に登場する地名略図

第1章　高慢と純真

「そこで何をしているの、ルーシー?」キャベンディッシュ老嬢は一人の美しい少女に問いかけた。年は十五歳くらいであろうか、粗末な草葺《ぶ》き小屋の開かれた戸のすぐ内側で、その少女は一人の老人の足もとに跪《ひざまず》いていた。

ここはハンプシャー州の海沿いの町サウサンプトンからさらに五マイル奥の田舎町である。「そんな所で、一体何をしているのです?」老嬢の口調は一段と鋭くなった。

「ブランドフォード軍曹の足に包帯を巻いています」老嬢の顔を見上げながら、少女は静かに答えた。そして、片膝を立て、老人の不自由な足を低い台の上にそっとのせた。そこには、この心優しい少女が老兵士のために用意した柔らかなクッションが置かれていた。

「ミス・ブレイクニー、他に誰かいなかったのですか? あなたがそんな卑しい仕事をするなんて！」

「祖国のために戦った人のお世話が卑しい仕事とは思いません」ルーシーは答えた。「でも、終わりましたわ。叔母様、ご一緒に家に帰りましょう」彼女は立ち上がって、老軍曹に別れを告げ、床に置いてあったボンネット帽をかぶって、リボンをあごの下で結び、キャベンディッシュ老嬢の腕を取った。二人は連れ立って村の教区牧師の家へと帰路についた。

「ほらほら、マシューズさん」居間に入るなり、キャベンディッ

イングランド南部の農家の一例

シュ老嬢は大きな声で言った。「しっかりして下さいよ！　私が今、ミス・ブレイクニーを連れて帰りました。この娘がどこで何をしていたとお思いです？」

「あなたがどこでルーシーを見つけたか」にっこりしながら、マシューズ氏は言った。「答える気はありませんね。ルーシーはどこを歩いても間違ったことをするような娘ではありませんから」

「ミス・ブレイクニーはブランドフォード老人の小屋にいたのですよ。老人の不自由な足に包帯を巻いていました」

「純真な乙女が祖国のために働いた老人を慰めるのは良いことではありませんか？」

「まあ、お義兄様《にいさま》はいつもルーシーの味方ですのね。でも、お姉様は何とおっしゃるかしら？　マシューズ夫人、あなたは地位も財産もある若い女性が、物乞いや身分の低い人たちと親しくするのをお認めになります？」

「認めませんとも」堂々とした風体《ふうてい》のマシューズ夫人は言った。「私、ミス・ブレイクニーが、ご自分の身分の大切さが分らず、嗜《たしな》みがないのに驚いています」

「まあ、おばさま」と、ルーシーが遮《さえぎ》って言った。「私の行いは自分を大切にすることですわ。と申しますのも、今、この家にいらっしゃるレディー・メアリーは、私のことを取るに足りない身分の者とおっしゃいますが、ブランドフォード老軍曹は私を守護の天使、救い主と呼んで下さいます。とても光栄なことですわ」

「まあ、とんでもない！」キャベンディッシュ老嬢は言った。「もう、あなたには下層階級の考えが吹き込まれているのね！　あなたが早くにそのような人たちから離れることが出来たのは幸運でしたわ」

「キャベンディッシュ叔母様」ルーシーは言った。「大好きなお祖父様《じい》を早くに失ったことが、私にとって幸運だとおっしゃるのですか？　ああ、祖父の死は耐え難い出来事でした。祖父は私に、価値ある人間になる方法はたった一つ、同胞の役に立つことだと教えてくれました」ルーシーは抑えきれない涙を隠そうとして目を覆《おお》った。そして、マシューズ夫妻とその妹のキャベンディッシュ老嬢に丁寧《ていねい》に会釈《えしゃく》をして部屋を出て行った。

「まあ、お姉様」キャベンディッシュ老嬢は言った。「なんて変わった娘でしょう。あの娘は下層階級の考えと習慣を持っていながら、時には、尊大な公爵夫人のような態度をとるのですから。あの慇懃《いんぎん》で独りよがりな態度をごらんになって？　本当にとんでもない娘ですわ！」

マシューズ夫人はいらいらして、冷静な返事は出来ないと思ったので、黙り込むことにした。マシューズ氏はまったく別な理由で黙っていた。やがて夕食の支度《したく》が出来たので、家族全員が居間に入って行った。ルーシーは涙を拭き、落ち着いた表情で、敬愛するマシューズ牧師のそばに座った。

「牧師様は、怒っていらっしゃいませんわね？」ルーシーは念を押すように言った。

「もちろんだよ」牧師は自分の腕に置かれたルーシーの手をしっかり握りしめながら答えた。「しかし、可愛いルーシー、おまえもそろそろ一人前の女性だ。大人の女性が、連れもなく夕暮れに出歩いては危ないのだよ」

「牧師様の仰せなら、二度とあのようなことはいたしません。でも、私がお世話しに行くことを、ブランドフォード老軍曹がどんなに喜んで下さるか分かって下さい……あの人の暮らしはとても貧しく苦しいのです。レディー・メアリーに頼んでも、一緒に行ってくれません。それに老軍曹は足が不自由なので、オーラが一緒に来てくれたとしても、思わず軍曹を笑ってしまうかもしれません。マシューズ夫人に一緒に来て下さいと頼んでも、必ず何かしら用事があって来ては下さらないのです」

「では、ルーシー」心優しい老紳士、マシューズ牧師は言った。「またブランドフォード老軍曹を訪問したい時には、私に頼みなさい」「まあ、牧師様は世界で一番優しいお年寄りですわ！」そう言ってルーシーは立ち上がりながら、牧師の首に抱きついてキスをした。「お聞きになりまして！　ものの言い方も知らないのね！」キャベンディッシュ老嬢は言った。「ミス・ブレイクニー、人を年寄り呼ばわりするのは失礼なことですよ！」「お気を悪くさせるつもりでは……」ルーシーは言った。「もちろん！　気を悪くなぞしていないよ」と、マシューズ氏は答えた。「さあ、夕食を始めよう。妹よ、男であれ女であれ、六十歳を越えた者が、年寄りと呼ばれるのを無礼とは言われまい」

次に、読者のためにこの家の構成員についてお話しましょう。

第2章

若き女相続人と後見人

ルーシー・ブレイクニーは生まれてまもなく母方の祖父テンプル氏に引き取られた。母シャーロット・テンプルが命と引き換えに産み落とした娘である。祖父テンプル氏の親友、ブレイクニー海軍大佐が名付け親となったので、ルーシーには自分の家族名に加えてブレイクニーという名もあった。ルーシーの母親シャーロットを自分の娘のように可愛がっていたブレイクニー大佐は、ルーシーが十歳になった頃、独り者のままで亡くなった。大佐はルーシーに自分の全財産を残した。その財産は、アメリカ植民地に独立と名誉をもたらしたあの独立戦争の際、彼が軍功の褒美《ほうび》として獲得したものであり、ルーシーが成人して相続する頃には二万ポンド以上になっていた。彼は、ブレイクニーという名前と紋章を受け継ぐのを条件に、この財産をルーシーに遺贈したのだった。そのため、ルーシーは常にブレイクニーの姓で呼ばれていた。遺言にはもう一つ相続上の条件が付いていて、ルーシーと結婚する相手は誰でも、その姓をブレイクニーに変えなければならないというものであった。これを履行しない場合には、その遺産の元本は、戦争で亡くなった海軍将校の未亡人たちの年金を増額するために使われ、ルーシーには彼女が成年に達するまでに蓄積された利子だけが与えられると決められていた。

ブレイクニー大佐からこの条件付の莫大な遺産を贈られて約二年後、ルーシーは数ヶ月のうちに祖父母テンプル夫妻を相ついで亡くし、独りぼっちになってしまった。ルーシーは祖父テンプル氏からもかなりの財産を受け継ぎ、ブレイクニー大佐の遺産に手をつけることなく、自立して高度な教育を受けることができた。そのためブレイクニー大佐の遺産の利息は蓄積され、ルーシーが二十一歳の成人に達する頃には、彼女は莫大な財産の女相続人になっていた。

ルーシーの祖父テンプル氏とブレイクニー大佐の双方に親交があったマシューズ牧師は、年下ではあったが、ロバート・エーンズリー卿と共にルーシーの後見人に指名された。人格高潔なロンドンの銀行家ロバート・エーンズリー卿には、ルーシーの財産管理が委託された。

ルーシーの養育はマシューズ氏に委ねられた。ルーシーが常にマシューズ氏の家族と生活を共にし、その監督の下《もと》に、将来、ルーシーがどのような地位の人に嫁《とつ》ごうと、それにふさわしい教養と嗜《たしな》みを、優れた教師から学ばせるという取り決めが、マシューズ氏とルーシーの祖父テンプル氏との間に交わされていた。一方で、ルーシーの考え方や、敬虔な人間形成に関して、また、アダムの子孫のすべてが受け継いでいるあの誘惑に陥り易い性質の矯正については、マシューズ氏自身が特に気を付けるとテンプル氏に固く誓っていた。

マシューズ氏は、聖職者の鑑《かがみ》とも言うべき、学問に造詣《ぞうけい》が深く、誠実で敬虔《けいけん》なキリスト教徒であった。礼拝日に教区民へ語りかける彼の説教は、分かりやすく気取りがなかった。説教壇から力を込めて人々に勧めた信仰心と清廉な生き方を、マシューズ牧師はそのまま実践していた。まことに寛大で、清貧に甘んじる牧師は、信仰に篤《あつ》いが、頑迷《がんめい》ではなく、物腰は柔らかであった。いつも神から目をそらさず、出来る限り謙虚な気持ちで一歩一歩信仰の道を歩《あゆ》んでいた。

アルフレッド・マシューズ牧師は身分は高いが、財力のない貴族の分家の末子《まっし》として生まれた。彼は給費生としてイートン校で初期の中等教育を受けた後、ケンブリッジ大学に進学し、優等学位を授けられた。彼の道徳性、品行の方正さ、そして文学的能力は、学部の教授たちに高く評価され、マシューズ氏はさる伯爵家の家庭教師に推薦された。そして、彼は、若いハートフォード伯爵とその兄ジョン・ミルコム卿の旅行に同行するよう乞われた。旅行後、マシューズ氏はかなりの期間、伯爵家の礼拝堂付き牧師として留まった。ハートフォード伯爵には二人の姉がいた。彼女たちは、伯爵の父の先妻の娘たちであった。姉のフィリッパは誠実で、豊かな教養と分別があり、見聞も広く、感じのよい容姿をした物腰の優雅な女性であった。妹のコンスタンシアは際立った美貌の持ち主だが、気取っていて、何事にも一歩も引かない尊大なところがあった。二人とも、キャベンディッシュという家名は、王族にも引けを取らないものと誇りにしていた。姉妹は互いに固く結びつき、一方が心に決めた言動は、他方が文句なく支持したのだった。

この二人の令嬢にとって、マシューズ氏は好ましい交際相手だった。マシューズ氏も二人との付き合いを素直に楽しんでいた。彼は姉妹各々の才能におおいに感心し、長所を認めはしたが、それ以上の感情は抱いていなかった。しかし、交際が続くうちに、彼は、気立てのよい姉、フィリッパの方が妹よりも優しく愛情深いことに気付いて、胸が熱くなるのを感じた。マシューーズ氏と話す時、フィリッパは口ごもり、恥じらって頬を染めたが、妹のコンスタンシアはどんな話題でも気楽に話し、当惑しなかった。このことに気付いたマシューーズ氏は心中嬉しかった。しかし、ハートフォード伯爵の姉であるフィリッパは、格式の上であまりにも身分が高すぎ、伯爵から結婚の許しを得ることは無理であろうと思われた。それゆえマシューーズ氏は伯爵に暇をもらって、身を引くことにした。

「私達の家族の輪からあなたがいなくなるのは残念です、マシューーズさん」マシューーズ氏が暇乞《いとまご》いの気持を伝えた時、ハートフォード伯爵は言った。「しかし、あなたが御自分の家庭を持ちたいと願うのは当然です。その家庭を明るくしてくれる伴侶を求められることもまた当然です。そこで、どうでしょう、L教区を引き受けていただけないでしょうか？　そこの牧師のポストが最近空席になり、私に決定権がありますので」こうしてマシューーズ氏が伯爵家のもとを離れる手配がすべて整った翌日、夕食の席でこのことが皆に告げられたのである。姉のフィリッパは血の気が引いて行くのを感じた。彼女はうつむいたまま顔をあげることが出来なかった。妹のコンスタンシアはマシューズ氏に明るくたずねた。「何時からマシューズさんは独身者の砦《とりで》に閉じこもろうなんてお決めになったのかしら？　こんなことを申し上げて失礼ですけど、多分、どなたか素敵な方が」――ここで彼女は話すのを止めた。姉のフィリッパが明らかに動揺しており、弟のハートフォード伯爵もそれに気付いているのが分かったからである。

姉妹が引き上げてから、伯爵はマシューズ氏に切り出した。

「私の思い違いでなければ、マシューズさん、私の姉の一人があなたの独身生活に終止符を打ちたいと思っているようです。どうか率直に言ってください。お二人は互いに好意を持っているのですか？」

「閣下、私を無礼な男だと思わないで下さい」とマシューズ氏は言った。「無礼だなどと思ってはいません、友よ」伯爵はきっぱり答えた。「あなたの家系、教養、才能をもってすれば、どんな女性でも娶《めと》ることができましょう。姉のフィリッパには多額とは言えませんが、いささか財産があります。それと教区牧師の収入を合わせれば、多少ゆとりのある生活が出来るのではないでしょうか」

二人の会話は就寝の時間まで続いた。マシューズ氏は一晩考えた後、姉のフィリッパに求婚することに決めた。求婚は受け入れられ、数ヶ月後、マシューズ氏はL教区の牧師となり、愛する伴侶との家庭を得たのだった。

二十年の歳月が流れるうちに様々な変化が起こった。ハートフォード伯爵は浪費家の美人と結婚した。彼女が持参した財産は、ほんの僅《わず》かであった。しかし、その美しい妻は、夫の財産を優雅に、また当世風のやり方で撒《ま》き散らす方法に長《た》けており、浪費は止《とど》まる所を知らなかった。それで、突然の熱病で伯爵がこの世を去った時、この家の財政事情は非常に逼迫《ひっぱく》した状態になっていた。定期的に利息だけ受け取っていた姉たちは、自分たちの財産が元の価値、つまり二万ポンドの半分以下になっていたのを知ることとなった。マシューズ夫人フィリッパとその妹コンスタンシア・キャベンディッシュ老嬢はこの少なくなった分け前に甘んじる他なかった。

マシューズ氏はL教区の牧師を続けた。暮らし向きが窮屈になろうとも、彼は牧師

イングランド南部の牧師館

の名義貸しをして収入を図るようなことはしなかった。自分で行っていない職務に対して給与を貰うことは、マシューズ氏の良心に背《そむ》くことであった。副牧師に十分な給料を払う余裕がなかったので、副牧師は雇わなかった。コンスタンシアはこの問題に関して、時々、マシューズ氏と議論した。年五十ポンドの給料で、喜んで、厄介《やっかい》な仕事を引き受けてくれる副牧師を雇えるのに、教区牧師の仕事を全部自分で行おうとするのは理解に苦しむとコンスタンシアは主張した。マシューズ氏は答えて言った。「私の牧師としてのどんな職務でも、厄介な仕事とは思っていませんよ。

それに、私が五百ポンド貰《もら》ってやっていることを、一体どうして他の人に五十ポンドでやれと言えますか？　牧師はまず紳士であるべきです。多くの貧しい同胞、主イエスに連なる同じ葡萄園《ぶどうえん》で働く者たちが、貧困にあえぎ大家族を背負って、ラザロのように金持ちのテーブルからこぼれ落ちるパンくずで生活しているのです。それだのに、福音を説く牧師がビロードのクッションに寄りかかり、自分の馬車に乗り、贅沢《ぜいたく》三昧《ざんまい》に暮らすことは、とても恥ずかしいことです」

しかし、マシューズ氏の古風な話は、読者にはあまり楽しいとは思えないでしょう。話を若い令嬢たちに移しましょう。

第3章　三人の孤児たち

ルーシー・ブレイクニーについてはすでに紹介してきたが、その人柄の詳細については、物語の展開を待って頂きたい。ルーシーの容姿は、均整の取れた中肉中背で、画家が描くように美しくふっくらとしていた。色白で、薄茶色の瞳を大きく見開き、艶《つや》のある明るいとび色の髪が、微笑の絶えないその顔を縁取《ふちど》っていた。

レディー・メアリー・ラムリーはこの物語が始まる数年前に母を亡くしていた。一人っ子のメアリーは病弱な母親によって盲目的に可愛がられ、その溺愛は罪作りの域にまで達していた。その結果、メアリーは、十六歳になっても、社会の道理に適応できるような考え方を何一つ教えられていなかった。レディー・メアリーの頭の中は、ただ、発売される小説を手当たり次第に飛ばし読みして生まれた空想で満たされていた。父親はメアリーが幼い頃に他界していた。一家の出費を十分に賄《まかな》えるほどの収入がなかった父のささやかな地所は、父の称号と共に一族の男系の分家に渡り、メアリーの母は彼女に残されたランカシャーの家に引退した。病気がちの母は人との交際をやめて家に引きこもり、メアリーが勉強嫌いなのをよいことに、娘のための女家庭教師に、良心的で有能な教師より、むしろ自分のための気楽な仲間を求めた。そこで、メアリーの教養は、普通程度の読み書きと文法、ダンスと音楽の初歩、そして片言のフランス語にとどまった。このような状態で母親が亡くなった時、一家のわずかな財産の管理を任されていた後見人はマシューズ氏に、メアリーを家族の一員に受け入れてくれるよう懇願した。この件に関わっていたキャベンディッシュ老嬢は、ロマンチックで世間知らずなメアリーにとって、残されたわずかな収入で行けるような寄宿学校は本人のためにならないだろうと思い、マシューズ氏が後見の依頼を受けるように姉のマシューズ夫人を説き伏せた。

幼年期のうちから、メアリーは母のそばに座ることを許された。その傍《かたわ》らで、メアリーの女家庭教師が、恋愛や不幸や愚行の物語を朗読した。素早い理解力と鋭い感受性、そして豊かな想像力で、幼いメアリーは空想の世界に、貴族や貴婦人、悲しみに暮れる美女、そして愛しあう恋人たちを住まわせたのであった。その結果、人間本来の品性、筋の通った考え方、そして真に道徳的でキリスト教徒らしい感情の入り込む余地はなくなった。物語の最後にヒーローとヒロインに決まって与えられる富と位を、メアリーは何よりも尊んだ。メアリーの母はその僅《わず》かな財産の割に、身分だけは高かった。そのためレディー・メアリーは、詰まらぬ偏見の中でも、特に代々続く貴族の家柄に唯一最大の価値を置くよう教育されたのである。メアリーに言わせると、貴族の血筋に一滴も貴族の血が流れていない者など、取るに足りない存在であった。貴族の孤児メアリーは、亜麻色の髪、淡い色の眉、色白の肌、ばら色の頬、そして大きく華やかな青い目をした美しい娘だった。だが、目鼻立ちは整っていても、生き生きとした表情に乏しく、無邪気な微笑を浮かべてはいたが、どこか空虚に見えた。背が高く、手足の長い、平板でやせた体型をしているのに、自分は彫像のモデルにぴったりだと思い込んでいた。メアリーの気質はもともと善良であった。しかし、無分別な教育によって、過度な誇りと病的な繊細さを植え付けられ、相手に悪気はないのに、すぐに感情を傷つけられ、理由もなく涙に暮れることがしばしばあった。過去四年間マシューズ氏の後見のもとにあったレディー・メアリーは、今十七歳になろうとしていた。

三人の美しい孤児たちの最後の一人はオーラ・メルヴィルである。オーラは貧しい牧師メルヴィル氏の一人娘であった。その牧師の長い闘病生活の間、マシューズ氏は一貫して彼の友人であり続けた。オーラは、父が死によって苦しみから解放された時、まだ十歳だった。

そしてオーラの母はその数年前に世を去っていた。

七月も末のある晩、満月になりかけた青白い月の光が、衰弱したメルヴィル氏の病室にかすかに差し込んでいた。メルヴィル氏はこの部屋で八ヶ月間病床に伏していた。粗末な小屋の萱葺《かやぶ》き屋根にジャスミンが這《は》い上り、その花の香を乗せた夕風が、開け放たれた窓から吹き込んで、メルヴィル氏の頰を冷やした。消耗熱で頰を紅潮させた彼は今にも息絶えようとしていた。安楽いすに座ったメルヴィル氏の傍らにマシューズ氏がいた。幼いオーラは父の足元のクッションの上に座っていた。

「ほら、お父さま」とオーラは言った。「お月様がなんてきれいだこと。そよ風が気持いいでしょう? 私は、出たばかりのお月さまを見るのが大好き」彼女は続けて言った。「お月さまを見ているとうれしくなるの。それだのに、時々ふっと涙が出てくるのよ。どうしてかしら？　私、思うの、夜を楽しく明るくするためにこんなに美しい光を下さる神様って、親切な方ね。だって月の光がなければ、夜は暗くさびしいでしょう？　ああ、大好きなお父さまを神様が元気にして下さいますように！」メルヴィル氏は娘の手をしっかりと握りしめた。マシューズ氏は思わず目頭《めがしら》が熱くなった。

二人とも黙ったままなので、オーラはさらに続けて言った。

「次の新月までに、お父さまがうんと元気になりますように！」

「すぐに、よくなるよ、きっとよくなるよ、オーラ」父親は言った。「それはね、この月が満月になる前に、父さんは楽になっているだろうから」

「満月になる前に、お父さまがゆっくりお休みになれますよう！」とオーラは天真《てんしん》爛漫《らんまん》に答えた。しかし、一瞬、はっとして立ち上がり、父の首にしがみつき叫んだ。

「ああ！　分かったわ。言われた意味が！　ああ、私の大切なお父さま！　オーラは一体どうなるの？　ああ、神様！　御心《みこころ》なら、お父さまと一緒に死なせて下さい！この私を愛し、気にかけてくれるのはお父さまだけですもの！」彼女はすすり泣くばかりであった。メルヴィルは、心にかかる我が子をしっかりと抱きしめた。彼の頭は子供の肩にもたれかかり、二人の頬は重なった。マシューズ氏はこの愛情のこもった姿勢が病人の衰弱した体に応《こた》えはせぬかと心配して近づき、病人の腕から少女を引き離そうとした。その時、父親の腕はだらりと落ちて、頭を子供の肩から上げるや、座っていた椅子に崩れるようにもたれ込んだ。マシューズ氏はショックで凍りついた。オーラは孤児になったのだ……

その事実が分かった時の哀れな子の嘆き悲しみは言葉では言い尽くせない。「この子を一人ぽっちにしてはおけない」と、牧師館までオーラを連れて行きながら、マシューズ氏は心の中で思った。

「フィリッパ」と、妻にオーラを紹介しながら、牧師は言った。「神様が私達に娘を下さったよ。この子の母親になっておくれ。この子を愛し、おまえのような女性になるよう躾《しつけ》をしてやって欲しいのだ。そうすれば、きっと立派な娘に育つにちがいない」

マシューズ夫人は自分の家系への誇りと共に、親切で思いやりのある優しい心を持っていた。その心は、愛する夫マシューズの願いを受け入れずにはおれなかった。

夫人はその哀れな少女を胸に抱きしめた。溢れるような愛情を感じるほどではなかったが、オーラ・メルヴィルは、マシューズ夫人によって世の母親の世話と気遣《きづか》いのすべてを与えられたのである。

オーラの父は娘の無邪気な心の中によい基礎を築いていた。父メルヴィル氏が始めた教育を、マシューズ氏は注意深く仕上げて行った。オーラが初めてこの物語に現れた十九歳の時点で、彼女は感じのよい教養豊かな女性になっていた。礼儀作法はしっかり身についていたが、人に見せるほどの特技は何もなかった。音楽の美しさをそのまま楽しみ、理解することは出来たが、楽器は弾けなかった。オーラの立ち居振る舞いは優雅で、求められれば、組になって踊るフランス舞踏の複雑なステップを上手に踏むことができた。理解力に富み、豊富な知識を持つ彼女は、どんな話題についても、慎重に適切な会話をすることができた。それでいて、でしゃばらず謙虚で慎ましく、好意的に話しかけられない限りは、口数が少なく控えめであった。オーラは牧師館の家族に愛されていた。彼女は、勤勉で思慮深く、快活で愛想が良く、恩人たちに感謝を忘れず、そして自分の運命に満足していた。オーラはおのずと皆から注目され、尊敬される立場になっていた。

第4章　ロマンス・信仰・感受性

マシューズ氏に穏やかに注意されてからというもの、ルーシーは、同伴者なしの夕方の外出はしないよう心がけた。ルーシーがよく訪問するのは、働き者の貧しい小作人たちの小屋だった。ルーシーは、衣服費や小遣いを十分支給されていても、高価な衣服を身につけることはなかった。それで、貯えられたお金は、度々、困窮している人々を救ったり、慰めを与えたりすることに使われた。このような時、ルーシーはレディー・メアリーに同伴を頼むことがあったが、この若い貴婦人は庶民の生活事情や貧困がまるで理解できなかった。仮に理解できたとしても、メアリーは衣服や小物を衝動的に買ってしまうため、人々に何か与える余裕は全く無かった。それゆえ、ルーシーが慈善の為に訪問をする時にはオーラ・メルヴィルが同伴者となり、相談相手となった。オーラの心は貧しい人々の苦しみに共感し、よく考えて最も役に立ちそうな援助を提案したのである。

ある夕暮れ時、レディー・メアリーは、似たもの同士の近所の女友達との散歩から帰って来た。家族がちょうどお茶を飲もうとしていた時、メアリーは居間に飛び込んで来て、涙ながらに訴えた。「ああ、親切なマシューズおじ様、助けて下さい。さもないと、私、気が変になりそう！」「私にどうして欲しいのかね？」絶望しきった態度で椅子に身を投げ出したメアリーに近寄りながら、マシューズ氏はたずねた。「ああ、牧師様」メアリーはすすり泣きながら言った。「今すぐ五ギニーが必要なのです。この前三ヶ月分のお小遣いを頂いた時、欲しいものが沢山あって、私にはもう一ギニーも残っていないのです」「それは残念だね」マシューズ氏は言った。「あなたも知っているように、次の支給日まで六週間あるのだよ」「ええ、分っています。でも、牧師様は親切な方ですから、これほど切羽詰《せっぱつま》っている時には、お金を貸して下さると思ったのです」「いったい、何がそんなに切羽詰っているのかね？」牧師は微笑みながらたずねた。そして、椅子をテーブルに引き寄せながら、メアリーに団欒《だんらん》のお茶の席につくように、手招きした。家族の者が待っていたからである。

「私、何も喉《のど》に通りません。本当です、牧師様」メアリーはヒステリックにすすり泣きながら言った。「私の願いを聞いて下さるまでは、何も手に付かないのです！」

「今すぐというわけにはいかないよ、メアリー。何のためにお金が必要なのか、それがどう使われるのかを知らなくてはね。レディー・メアリー、五ギニーはかなりの金額だ。慌《あわ》てて、誰に相談もなく浪費してしまうような額ではない。それだけあれば、本当に困窮している人々を大勢助けられるのだよ」

「その通りです、牧師様。そのために欲しいのです。きっとお金を下さいますでしょう？」「さあ、どうしたものだろう。メアリー・ラムリー」マシューズ氏はメアリーが気に入った時には、そのように彼女を呼ぶ慣わしだった。「さあ、こちらに来て、お茶を飲みなさい。その後で話を聞かせてもらおう。そうすれば、明朝、私達に何かできるかもしれないよ」

「明日ですって！　明日ですって！」とメアリーは激しく叫んだ。「明日では、遅すぎます。あの人たちは貧乏のどん底にいるのに、明日のことをおっしゃるなんて、冷た過ぎます！」

ミス・ブレイクニーとオーラ・メルヴィルは目を見交《かわ》わした。マシューズ氏は座ってお茶を飲み始めた。「言わせていただくわ、レディー・メアリー・ラムリー」と堂々とした態度で、キャベンディッシュ老嬢が言った。「何と見苦しい振る舞いでしょう！　あなたは人の痛みが分かることを感受性と言いたいのでしょうが、あまりにも大げさですよ。繊細さを気取っているだけです。それは心からの同情というより、あなた自身の人間味を見せびらかしたいだけで、思いやりの心とは程遠いものです。あなたは私の義兄マシューズに無作法な物言いをしています。兄は立派な人で、真の思いやりがどんなものかを知っています。兄を冷たいというあなたこそ、礼儀をわきまえていません」

かくもはっきり言われたことに憤慨して、レディー・メアリーの涙はまもなく乾いてしまった。彼女はお茶の席に着いた。カップを取り、スプーンをもてあそび、お茶を受け皿にこぼし、それをまたカップの中に戻した。要するにお茶を飲むこと以外のあらゆることをやったのだった。

茶道具が下げられると、マシューズ氏は言った。「こちらに来なさい、メアリー・ラムリー。さあ、あなたの悲劇的な話を聞かせてもらおう」レディー・メアリーののぼせ上がった気持はこの頃までにはかなり冷《さ》めていた。とはいえ、キャベンディッシュ老嬢の率直な非難に、まだ苛立《いらだ》ちは残っていたが、メアリーは素直にマシューズ氏の傍《そば》のソファーに座り、落ち着いた調子で話し始めた。「私、礼儀知らずだったと思います、牧師様。感情が先走ってしまって」「あなたの性急さが、と言うべきです、メアリー」とキャベンディッシュ老嬢が口を挟《はさ》んだ。レディー・メアリーの顔は真っ赤になった。

「今夜は本当にすばらしい夕べだ」と牧師は言った。「さあ、メアリー、一緒に花の香りを楽しみに行こう」それから、マシューズ氏はメアリーの腕を取って庭へと導いた。

「あなたは今日の午後、ミス・ブレントンと一緒に散歩していたのだね」

「そうです、牧師様。私達は思いがけず遠くまで行ってしまったのです。小さな雑木林を抜けると、見たことの無い小道を歩いていました。人家も見当たらず人影もなく、かなりの道のりを歩いた後、さすがに不安になり始めました」

「それは軽率だったね、メアリー。あなたは粗野な農夫や悪者どもに出会ってひどい目にあったかもしれないのだよ」

「分かっています、牧師様。それでも、私、行って良かったと思っているのです」

「それはまた、どうしてかね?」

「私達が不安になり始めた丁度その時、子供の泣く声が聞こえたのです。その泣き声を辿《たど》って行くと、小屋とも呼べないほど荒れ果てたあばら家に着きました。戸口に四歳くらいの子供が座って泣いていました。『どうしたの、お嬢ちゃん?』と、ミス・ブレントンがたずねると、『お母ちゃんは病気で寝ていて、おばあちゃんは椅子から落っこちたの。お父ちゃんはまだ家に帰っていないの』と言うので、私達は急いで小屋の中に入りました。ああ! 牧師様、その有様を忘れることはできません。ベッドといっても、棚板のようなものに藁《わら》が敷かれ、ぼろ毛布で覆われているだけなのです。毛布はとても汚くて、私は近寄れませんでした。そして――そして――この惨めなベッドの上には哀れな青白い顔をした女の人が横たわっていました、――腕に小さな、とても小さな赤ちゃんを抱いて」

レディー・メアリーの唇は震えていた。マシューズ氏はメアリーの手をしっかり握って言った。「ところで、哀れな年老いたおばあさんは? あなたはそのおばあさんのことをまだ何も話してくれていないよ」

「おばあさんはその病気の女の人に付き添って、夜中起きていたそうです。女の人はおばあさんの娘さんで、あの子供の母親でした。おばあさんは、一日中一人で家事や病人の世話をして、食事が取れなかったせいで、気を失って椅子から転げ落ちたのです。それを見た女の子はびっくりして小屋から飛び出し、泣いていたのです。私達が家の中に入った時には、おばあさんは意識を取り戻していました。幽霊のように青ざめ、ものも言えず、鉄鍋が吊るされた小さな炉辺にへたり込んでいました」

「何故、それがこの上なく哀れな話なのかね、メアリー?」

「でも、私、まだ一番ひどい話をしていません、牧師様」

「思うに、一番ひどい話とは、彼らにあげるべきお金を持ち合わせていなかったということかな?」

「いいえ、私は財布に一クラウンほど持ちあわせていました。それをおばあさんにあげました。お金を見ると、おばあさんはわっと泣き出し、口が利けるようになりました。『神様がお嬢様を祝福されますように!』と言ったのです」

「ところで、ミス・ブレントンは何も与えなかったのかね?」

「ええ、牧師様。ミス・ブレントンはあまりにショックが大きくて、そのあばら家にいるのに耐えられないと言いました。それに、家の人たちはとても汚れていたので、ミス・ブレントンは伝染病に罹《かか》りはしないかと恐れたのです」

「では、それが一番ひどいことだったのだ。つまり、ミス・ブレントンはおまえを置きざりにして逃げ出したのだろう?」

「そうです、彼女は逃げ出しました。道端で私を待っていると言って。私は赤ちゃんを抱えた哀れな病人に何が一番必要ですかとたずねました。すると、『何が必要かと言われても、足りないものばかりで……』と、その女の人は答えました。その時、二人の男の子と一人の女の子を連れた無骨そうな農夫が入ってきました。彼は病気の女の人の所へ行って具合をたずね、それからおばあさんのほうを向いて、『母さん、夕飯に何かあるかね?』と、たずねました。『ありますよ、有難いことに、ジョン、おまえのために少しばかりあるよ。親切なキリスト教徒の男の人が、今朝、私に下さったのだよ』と、おばあさんは言って、鍋のふたを取り、小さな一切れの肉と、少しの蕪《かぶ》を取り出して言いました。『ほら、ジョン、おいしい羊肉の一切れだよ。サリーはスープを少し飲んだよ。それで、サリーはとても元気がでたようだ。そして、さあ、おまえたち』と、肉を煮た浅い鍋のゆで汁をすくいあげながら、『おまえたちのおいしい夕飯があるよ』と言って、おばあさんは孫たちにそれぞれ一切れのパンを与えました。とても黒いパンでした。私は他にあげるものもないのに、好奇心に駆られてつい長居したことを恥ずかしく思いながら、その場を去りました」

「それは好奇心ではなく思いやりだよ、メアリー。だがね、あの時あなたが五ギニーを持ち合わせていたら、それをあげたかね?」

「ええ、もちろんです。十ギニーだってあげましたわ、私の自由になるお金があれば。牧師様、すべてをお話ししましたから、お金を貸して下さいますわね」

「そのことについては明日分かるだろう。あなたのあげた一クラウンで、あの人たちは、今のところ必要なものを少しは賄《まかな》える。だから、静かにおやすみなさい。いいかね、その農夫は少しばかりの煮た羊肉と蕪《かぶ》を腹いっぱい美味《おい》しく食べたのだよ。そして、一日中外で働いていた子供たちは、あなたが茹《ゆ》で汁と呼んだスープを、とびきりのご馳走よりも美味《おい》しく食べたことだろう」


翌朝、日頃から朝寝坊で、家族の皆が朝食のテーブルに着くまで姿を見せないレディー・メアリーは、居間に入るなり、ミス・ブレイクニーとミス・メルヴィルがマシューズ氏と一緒に散歩から戻ってきたのを見て驚いた。彼女たちの髪は朝のそよ風に乱れ、その顔は健康と喜びで輝いていた。

「怠け者のメアリー・ラムリー」マシューズ氏は言った。「運動は健康を保つのに欠かせないので、今朝の教区民の巡回にはあなたにお供をしてもらおう」これは、しばしば、彼が後見人をしている美しい孤児たちの他の二人、ルーシーとオーラに声をかけていた役目であった。その朝は天気が良く、レディー・メアリーはマシューズ氏が雑木林を抜ける小道を行くものと期待して喜んで同意した。すぐに巡回のお供の仕度《したく》をして牧師の傍《かたわ》らを陽気に弾《はず》むように歩いた。ところが、牧師は予期していた小道とは反対の道を行った。

「あのかわいそうな人たちを訪ねるために、牧師様は私をお連れ下さったと思っていましたのに」とメアリーは嘆願するように言った。「すべては適切な時に、いいかね」牧師は答えた。「先に訪問しなければならない貧しい病人が二、三人いるのだよ」

最初に訪れた田舎家で、二人は糸を紡《つむ》いでいる青白い顔の女性に会った。すぐそばの背もたれの無い椅子には、二人の子供が一緒に座り一冊の綴り方の本を持っていた。そして、古びた高い背もたれの付いた肘掛け椅子には、男が一人座っていた。この男の手足には粗末なフランネルが巻かれ、その有様は悲惨を絵に描いたようだった。その一家を取り巻くすべてが極度の貧困を示していたが、そのすべては清潔そのものであった。子供たちの衣服は粗末ではあったが、破れてはいなかった。母親は穴や破れを繕《つくろ》うのに、様々な色のあて布を選んでいた。

「皆さん、元気ですか？」マシューズ氏はたずねた。「奥さんの方はいかがですか？どうすれば家の中がこんなにこぎれいにできるのですか？　あなたは病気のご主人の世話をしながら、家族を養うために働かなければならないというのに」「ああ、牧師様」その女は立ち上がりながら言った。「私達は感謝でいっぱいです。ロバート・エーンズリー卿は、夫が元気になるまで、家賃無しで私達をこの家に住まわせるよう執事様に言って下さったのです。それに家政婦さんが時々この小さなベッシーに水差しに入れた牛乳と冷肉を一皿持たせて下さいます。ですから、牧師様、私達の暮らし向きはそれほど悪くはございません」

「ご主人はどうなさったのですか？」こんなに惨めな境遇の中でも感謝を口にするこの女性に驚いて、レディー・メアリーがたずねた。

「はい、お嬢様、トーマスは働き者で優しい夫ではございますが、頑丈《がんじょう》というわけではありません。あの人は働き過ぎて、去年の夏ひどい熱病にかかったのです。でも、治りがけにどうしても仕事に出ると言って聞きませんでした。じめじめした時期に、夫は朝早くから夜遅くまで外で働いたのです。それで、ひどい風邪を引き込んで、熱が高くなりました。その上、リュウマチ熱を患《わずら》ってからというもの、手足が不自由になってしまったのです」

「まあ、なんてひどいこと!」レディー・メアリーが言った。「いったいどのようにして暮らしを立てているの? どのようにしてあなたは働く時間を見つけるの?」

「朝早く起きます、お嬢様。そして、夜遅くまで働きます。そうしますと、時々週に三シリング六ペンスほど何とか稼げることがあります。めったにありませんが、五シリング稼げることもあるのです」

「五シリングですって!」メアリーはびっくりして繰り返した。「いったい四人の家族がどうやって一週間に五シリングで暮らしていけるの?」

マシューズ氏は、この間、病気の夫のトーマスと話していたが、メアリーの最後の言葉を耳に留めると、「そうだよ、メアリー、もっと家族の多いまっとうな教区民たちが五シリング以下でやりくりしているのだよ」と言った。

「私達は、きっと」トーマスは言った。「不平を言ってはいけないのです。神様とこの優しいかみさんのお蔭《かげ》で暮らしを支えてもらって、不平を言ってはならんのです。ですが、牧師様、これじゃあ家内が死んでしまいます。家内は、一日中糸紡《いとつむ》ぎをしたり、地主様のお屋敷の洗濯や掃除の手伝いをするために出かけます。帰ってから、本当は休まにゃならん時に、家の洗濯や繕《つくろ》いをします。私はいつも神様にこうお願いしているんです。『私の手足を早く使えるようにして下さい。そうでなけりゃ、いっそ私を御許《みもと》に呼んで下さい』と」

「いえ、いえ! そんなことを言ってはいけません、トーマス。私は働くのが好きなのです。どんなことにも耐えられます。あなたはゆっくり休んでいて。きっと元気になるわ。そしたら私達はまた幸せに暮らせますよ」

先ほどからレディー・メアリーの目に浮かんでいた涙は、今や、溢れて頬を流れ落ち始めた。メアリーは空っぽの財布を引っ張り出し、すがるような顔でマシューズ氏を見た。マシューズ氏は特に気に留める様子もなく、「医者は定期的にあなたを診てくれていますか? 親切にしてくれていますか?」と夫婦にたずねた。

「はい勿論です、牧師様。それに、私達は薬剤所から薬などを無料で貰っています。牧師様のお蔭でございます。それから、この前、地主さまのお屋敷の家政婦さんがオートミール、サゴヤシの粉、ナツメグ、それにワインを一びん届けて下さいました。それは一ヶ月以上もの間、哀れなトーマスを楽にしてくれました。私達はとっても良くしてもらっております」

マシューズ氏は、分かったという風に微笑んで、おかみさんに半クラウン与え、こう言った。「この娘さんがこれを差し上げたいそうです。それで必要なものを少しは買えるでしょう。ではそろそろ失礼します。いつも謙虚に、また感謝を忘れないように。天にましますイエスを信じてください。主は良いと思われる時に、あなた方を苦難から解放してくださるでしょう。それまでは苦難に耐える力を与えて下さいます」

イングランド南部の農家の一例

「牧師様」レディー・メアリーはその田舎家を出ると言った。「あんなに困っている家族に僅《わず》かなお金しかあげないのですね」

「メアリー」マシューズ牧師は答えた。「真の慈善とは大金を施《ほどこ》すことではないのだよ。大きな施しは最終的に受け取る人々のためにならないのだ。それは、むしろ勤勉に働く手を麻痺《まひ》させてしまう。人々は外から飛び込んでくる援助を当てにして、自分を取り巻く困難を自分の力で乗り越えようとする努力をしなくなるのだ」

二人は午前中にいろいろな家庭を訪ねた。そして、最後に足を止めたのは、見るからに小さな田舎家の前であった。中に入るとすぐに、誰が見ても働ける年齢をとっくに過ぎていると思われる老夫婦の姿が目に入り、メアリーは驚いた。暖炉の燃えさしの上には薬缶《やかん》がかかっていた。松材のテーブルには錫《すず》の急須《きゅうす》と黄変した紅茶カップ、そして古びたパンが一切れ置いてあった。その光景を見て、メアリーは昨夕味わった嫌悪感が再び蘇《よみがえ》って来た。茶色っぽい砂糖と半カップのスキム・ミルク、それがその老夫婦のささやかな食事のすべてであった。

「おや、午後のお茶には早いし、朝食にしては遅いですね、おばあさん」とマシューズ氏は入りながら声をかけた。すると、その老婦人はやりかけていたパッチワークを下に置いた。夫の方は読んでいた聖書を閉じた。

「これは、牧師様」その夫は言った。「私達は朝、昼、晩と三食をお茶だけで済ませることも多いのです。年寄りですから、ほんの少ししか体を動かしません。ですから、少しの食べ物で十分なのです。時折、パンに添える一切れのベーコンか、チーズが一かけらでもあれば大ご馳走《ちそう》です。焙《あぶ》った鰊《にしん》があれば宴会ができますよ。良き時代は遠くなり、私達は生活の変化に慣れてしまいました。かわいそうな妻を慰めるために何かおいしいものがあればよいのにと思うこともあります。ですが、かわいい孫たちが亡くなってからは、私達の老いた体を支える食べ物など大して重要ではありません。今あるものに感謝しています」

「感謝していますですって！」レディー・メアリーは心の中でつぶやいた。「雨露を凌《しの》ぎ、年老いた体を休めるための、こんなみすぼらしい小屋とベッド、そして、紅茶とかさかさのパンだけの食事——それに、感謝していますですって！」

マシューズ氏は、メアリーが動揺しているのを見ると、落ち着く時間を与えるため、老人のそばに腰を下ろした。老婦人がたった一つ残っていた木の椅子の塵《ちり》を払ってくれた。レディー・メアリーはそれに座って考え事を続けながら、聞こえるように言った。「お気の毒な方、あなたは感謝よりむしろ不満をお持ちなのでは?」

「まあ、とんでもありません、お嬢様」老婦人は答えた。「私に多くを望む資格はございません。この国では、たくさんの人々が雨露を凌《しの》ぐ小屋さえなく、体を覆《おお》うぼろさえ持っていません。その人たちは土の上に寝ているのです。その子供たちは家から家へと日々のパンを物乞《ものご》いしているのです」

「何てひどいこと!」レディー・メアリーの頬は大理石のように青ざめた。

「もっと、気の毒な人たちがいます」その老婦人は続けて言った。「貧しい多くの人々はアフリカの黒人たちと同じように無学で、聖書を読むこともできません。そんな人々は、怠惰が盗みと隣り合わせであることを知りません。造り主である神も、私達の罪を贖《あがな》って下さった救い主も知りません。それに比べて、私達は何と幸せなのでしょう! ごらんのように、ここは貧しい家です。でも、これは私達のものなのです。たとえベッドが固くとも、私達は安らかな心で横たわることができます。ほんの僅《わず》かな食べ物でもあれば、私達はそれを感謝していただきます。そして、私達の心が憂鬱《ゆううつ》に閉ざされ、体に力がなく、打ちひしがれている時には、私達は聖書の中に慰めの言葉を読むことができます。ああ、お嬢様、これは大きな祝福なのです」

「でも、ご主人の話によると、あなた方は昔、恵まれた日々を過ごされたというではありませんか。今、どのようにして愚痴《ぐち》もこぼさずに、老齢と貧困の苦しみに耐えておられるのですか？」

「運命を司《つかさど》る神様は私達にとって一番良いものをご存知だと分かっているからです。——私達は受けるべきものより、はるかに多くの恵みを神様から頂いているのです」

「何ですって！　こんな貧しい暮らしで！　こんな小屋で！　それに、これまで善良に生きてこられたあなた方が、こんな惨めな住まいを勿体《もったい》ないとおっしゃるの？」

「そうです、お嬢様、神様のお恵みがなければ、私達の運命は実に辛いものになるでしょう。おっしゃられたように、私達にも良い時代がございました。でも、このような話にはそろそろ退屈なさったことでしょう。牧師様にも失礼申し上げました」

「いいですよ、奥さん、続けてください。あなたの身の上話をその娘さんに聞かせてやって下さい。私はご主人とまだ話がありますから」

このようにマシューズ氏に励まされ、ロンズデール老婦人は、話の続きを聞こうと待ち構えているメアリーに再び語りかけた。

「そこにおります連れ合いと結婚した時、私は祖母の遺産の三百ポンドを持っていました。連れ合いもそれよりやや多めのお金をかき集め、私達は農場を借りて家畜を育て、順調に暮らしておりました。私達の一人っ子のアリス・ロンズデールはとても美しい娘に成長しました。ですから、罪深いことに、私達は娘自慢になってしまったのです。私は娘に家事や裁縫を教えました。ああ、でも、あの娘に己を知ることを教えなかったのです。私達の最初の大きな過《あやま》ちがそこにありました。人々が娘の美しさや歌声を賞賛すると、――本当に、アリスは上手に歌ったのですよ、お嬢様――私達は一緒になって褒《ほ》めたたえたものでした。父親は愚かにも、娘のあごを撫《な》でて、よし！　よし！　時が来れば、おまえは地主様か牧師様の奥方になるだろう、と言ったものでした。それでアリスは虚栄心の強い、思い上った娘になってしまったのです。そして、魔がさしたか、私達は娘が近くの町のダンス・スクールに通うことに同意しました。と言いますのも、私達は愚かにも娘が貴婦人になるはずだと思い込み、ダンスは習っておくべきだと考えたのです。

私達がサリー州に住んでいた頃、十五歳になっていたアリスは、ドーキングの町で、ある若者と知り合いました。その若者はその町の評判のよい商人の息子で、時々娘に会いに来ました。手短に申しますと、十八歳になった時、双方の親たちの同意のもとに、アリスはその若者の妻になりました。私達が娘に与えた五百ポンドと、若者が彼の父からもらった七百ポンドとで、二人はクロイドンの町にこぢんまりした家を持ち、夫の縁故を頼って、食料雑貨の店を始めました。

しばらくは万事順調に進んでいました。結婚後、一年くらいして、私達は二人を訪問しました。二人は私達の来訪に備えていたのでしょう。娘婿は勤勉で思いやりがあるように見えました。アリスは快活で幸せそうでした。私は娘の最初のお産の間、娘夫婦の家に滞在して世話をしてやりました。そして、娘が生んだ小さな孫息子をとても誇らしく思いました。この後二年間、私は娘に会うことはありませんでした。その間、私は娘の手紙に以前ほどの元気がないように感じました。とは言っても、女が妻になり母になると、娘時代の快活さは落ち着くものですから……ところが、娘婿の女遊びや、ひどい借金の噂《うわさ》が、私達の耳に届いたのです。夫はその噂《うわさ》を確かめるために、クロイドンへ旅立ちました。事態は夫が想像していたよりずっとひどいことが分かりました。アリスは顔色が悪く、打ちひしがれ、不幸そうでした。娘婿は、正直者だと自称する不良たちと付き合い、ナイトクラブに出入りし、入場料を取って酒場のホールでいかがわしい劇を上演しました。そのため、婿と仲間は全員逮捕され、重い罰金を科せられました。

私の夫はクロイドンに着いて数日のうちに、娘のアリスが家庭の問題でひどく悩んでいることに気が付きました。でも、娘は愚痴をこぼしませんでした。父親がどうすれば娘を幸せにできるかと考えている間に、娘婿のルイスは、千五百ポンドの不渡り手形を出して逮捕されました。その手形で仕入れた品物を、遊ぶ金欲しさに、品物の価格以下で売り飛ばしていたことが分かったのです。アリスは父親に夫を助けてくれるよう懇願しました。アリスの立場は複雑なものでした。続いて、アリスの夫の父、老ルイス氏が呼ばれ、この問題は示談にされたのです。双方の父親がルイスの債務を肩代わりしたのでした。

やがて、私の夫は家に帰ってきました。それから一ヶ月と経たないある日、ちょうど夕暮れ時に、一台の馬車が門のところに止まりました。まもなくアリスが幼い息子の手を引いて、歩道を小走りにやって来ました。そして、ヒステリックにすすり泣きながら、私の腕の中で気を失ってしまったのです。しばらくして娘は口が利けるようになりました。義父の老ルイス氏が亡くなったこと、義父の財産は夫の借金を返済するのに十分ではなかったこと、冷酷な夫ルイスは集められる限りの金目のものを掻《か》き集め、まだ抵当に入っていなかったものすべてをお金に替え、挙句《あげく》に、前から噂《うわさ》のあった娼婦と駆け落ちしたのです。ルイスは、亡父の遺産を調べにドーキングへ行く、とアリスに言いました。ああ、お嬢様、ルイスは以前にもそこに行っていたのです。そして、見る影もなくなった生家から、窮乏し、年老いた母のために残されていたわずかなものを、洗いざらい奪って行ったのでした。その同じ夜、アリスのところに住み込んでいたお手伝いの娘が、外出の許可をもらって出て行ったきり、二度と帰って来ませんでした。調べてみると、この娘は、女主人アリスの衣服や、とっておきの貴重品の類を全て持ち去ったことが分かりました。

その翌日、代金をルイスに前払いしたという男が、娘の家の家具をすっかり持ち去って行きました。かわいそうに娘は文字通り、路頭に迷うことになったのです。この窮状を見て、ある大きな宿屋の主人が娘に同情し、数ギニーを与えて、自分の馬車に乗せ、娘の唯一の味方、父親のもとに送り届けてくれたのでした。

娘からいろいろ聞いてみて、私は娘にまったく非がなかったわけではないことに気付きました。娘はお金の使い方に計画性がありませんでした。そして、甘やかされて育ったので、娘には妻という立場に必要な忍耐と辛抱が足りなかったのです。その結果、不幸なことに、娘は夫ルイスの道楽を止めさせるどころか、ルイスを苛立《いらだ》たせ、放蕩《ほうとう》へと追いやったのです。アリスが帰ってきて数日後、私の連れ合いは娘婿ルイスの手形の件で逮捕されました。ルイスの手形の膨大な債務を保証することができず、農場の家畜が差し押さえられました。その上、様々な事情のため、六ヶ月間地代を払えなかった農場を手放すことになり、クロイドンから少し離れたところに小さな家を借りました。ここでアリスは二番目の子を出産し、数日後にこの世を去ったのです。不幸はこれで終わったわけではありません。一生懸命働いて、つましく暮らしていましたので、私達に借金はありませんでしたが、二人の幼い孫を扶養することは大変なことでした。

それでも、私達は何とか孫たちに清潔でこざっぱりした身なりをさせて学校に行かせました。孫は二人とも本当に愛らしい子供たちでした。それで、愚かな私は、またもや得意になって、孫たちを溺愛《できあい》してしまったのです。でも、私達はもっと謙虚になるべきだというのが、神様のご意志でした。ある晩、田舎家の草葺《ぶ》き屋根が燃え出しました。煙で窒息しそうになって私達は目覚め、飛び起きました。私は女の子を抱えて家の外に走り出ました。男の子を連れて逃れる夫の前に、一本の燃えさかる垂木《たるき》が落ちてきたのです。私は二人ともだめだと思いました。でも、二人は打ち身や火傷《やけど》を負いながら、何とか這《は》い出て来ました。とはいえ、男の子はその怪我がもとで、生涯、足が不自由な身となったのです。

家もお金もなくなって、丸裸《まるはだか》になった私達はもう若くはありませんでした。私の健康状態は悪く、夫は働けるようになるまで数ヶ月は床から離れられそうにありませんでした。仮に、再び働けるようになるとしてですが。火事で私達の家が燃え盛っていた時、私達の家から一マイルばかりのところに住んでいた農夫が、クロイドンの市場に荷を運んで行こうと朝早く起きて、この火事を発見しました。農夫はすぐに息子を呼んで、私達を助けに駆けつけてくれましたが、家財を運び出すことは出来ませんでした。農夫は私の夫を背負い、農夫の息子は男の子を運び出しました。農夫の父子は上着を脱ぐと急いで私と幼い孫娘に着せかけてくれました。そして、私達は隣人ウッドストックさんの田舎家へとなんとか辿り着くことができたのです。

ウッドストックさん一家は私達のためにできる限りのことをしてくれました。でも、あの人たちも貧しかったのです。そこで、私達が借りた田舎家を所有していた地主様に助けを乞いますと、地主様はすぐに家政婦に命じて古い衣服を届けて下さいました。家政婦さんは地主様の命に従ったばかりではなく、細々《こまごま》とした慰問品も持ってきてくれました。そして、家政婦さんと一緒に孫娘のアリスと同じ位の年格好のかわいい坊やがついて来ました。この坊やは屋敷に帰ると、その時たまたま地主様を訪問していた自分の父親に、私達がどんなに貧しくどんなに体具合が悪いかを話しました。すると翌日、その坊やの父親が私達を見舞いに来て下さったのです。

ロバート・エーンズリー卿は――この方がその坊やの父親だったのですが――親切に私達に話しかけ、何か衣類を買うようにとお金を下さいました。その上、私の夫と孫息子のために医者を手配して下さいました。さらに、私達のことをマシューズ牧師様に話して下さったのです。牧師様は私達を慰め、一緒にお祈りをするために来て下さいました。ああ、お嬢様、それが私達にとっては最大の恵みだったのです。と申しますのも、私達は牧師様から教えられるまで、どこに慰めを求めたらよいのか分からなかったからです。全知全能の神が好きな時に好きな方法で、神の子供たちを懲《こ》らしめられると考えたことは、それまで一度もありませんでした。私達は以前には不平不満でいっぱいでした。牧師様は、私達に聖書を読み聞かせ、共に祈り、貧しくとも幸福な心を持つことはできると得心させて下さったのでした。

夫が動けるようになったある日、あの優しい坊や、エーンズリー若様がお父様と一緒に来て下さり、私の膝の上に折り畳まれた一枚の紙を置きながらおっしゃいました。『お父さまがあなたにあげますって』開いてみますと、それは、今私達が住んでいるこの場所と、生きている限り年に五ギニーを与えるという約束の書き付けだったのです。

私はエーンズリーの旦那様に御礼の言葉もありませんでした。お話では、旦那様は最近ハンプシャー州に地所を買われ、その地所の手入れをさせるためにハンプシャー州に出かけての帰途、サリー州にさしかかった時、この小屋のことを思い出されたのだそうです。そこで、私達のために小屋の中を整え、仮住まいの私達を無料でそこへ送り届けるよう執事に手紙で指示なさったのです。

ほどなく私達はここに移り住み、以前にも増して幸せになりました。と申しますのも、私達のために、優しい旦那様ロバート・エーンズリー卿が、ここにいらっしゃるマシューズ牧師様に手紙を書いて下さったからです。マシューズ牧師様は私達の心を慰め、強くして下さいました。孫娘のアリスはすくすくと育って年頃になり、少しは稼《かせ》いで自分の衣服など買えるまでになりました。祖父母には従順で、足の不自由な兄にとても優しい娘でした。ですが、七年前の収穫祭の最終日、天然痘が近所で発生して、男の子が最初に伝染したのです。何ものも兄と妹を引き離すことはできません。わずか一週間のうちに私達は二人の愛《いと》しい孫たちをお墓へ送ることになったのでした」

老婦人は話すのを止め、片手を額に当て、それから穏やかに天を見上げ、抑《おさ》えた調子で叫んだ。「御《み》心《こころ》のままになりますように！　私が召される日も遠くありません。孫たちは慈悲の御手《みて》に差し招かれ、この世で私のもとに帰ってくることは二度とありません。あの子たちは生甲斐《いきがい》のある人生を送る手段を何一つ持っていませんでした。孫息子の受け継ぐものといえば病身と貧困だけ。母の美貌をそのまま受け継いだ孫娘のアリスには、どんな罠《わな》が仕掛けられ、どんな誘惑が待ち受けていたか知れません。あの娘は魂と体の両方を失ったかもしれないのです。でも、今は有り難いことに、あの娘は天にまします父なる神の家で安全に守られています」

「さあ、そろそろお暇《いとま》しよう」マシューズ氏は大きな声で言った。老人たちに別れを告げると、牧師はレディー・メアリーを連れて田舎家から出た。涙で濡《ぬ》れた頬をメアリーが隠そうとしているのに気付いて牧師は言った。「清らかな涙だ。思う存分流しなさい。その涙は同情と感動から溢《あふ》れているのだから」

「ええ、同情からです」メアリーは答えた。「でも、私は納得のいかないことに感動することはできません」それから、一瞬、間をおいて言った。「あの、牧師様、この人たちはメソジスト教徒なのでしょうか？」

〔＊メソジスト教徒とは英国国教会に批判的な十八世紀に興《おこ》ったプロテスタントの一派。「聖書に示されている方法（メソッド）に忠実に生きる」がこの名の由来〕

「メソジスト教徒とはどういう意味かね？」

「どう説明すればよいのか分かりませんが、母と私の家庭教師が、近所に住んでいた何組かの家族のことを笑っていたのです。その人たちは困っている時でさえ、神への信仰について話したり、祈ったり、賛美歌を歌ったりしていました。母と家庭教師はその人たちをメソジスト教徒と呼んでいました！」

「それでは聞くが」とマシューズ氏は真面目な口調で言った。「神へ祈りを捧《ささ》げたり、私達を祝福して下さる神の御名《みな》を讃《たた》える事が、おかしなことだと言うのかね？」

「いいえ、牧師様。でも、神様が愛する人々を私達から奪われた時、諦《あきら》めきることはできません。母が亡くなった時、私は神様を讃《たた》えることは出来ませんでした」

「しかし、神に祈ることは出来たでしょう？」

「いいえ、とんでもありません。祈ることなど出来ませんでした。私、神様はとても残酷な方だと思ったのです」

「可哀想な子よ」牧師は優しく言った。「その時のあなたの心は、乾ききった荒野のようだったのだね」

「でも、牧師様が私を癒《いや》して下さいました」

「神がもっとあなたを賢くして下さるように、愛しい娘よ！　メアリー、これからは他人に対して二度とメソジスト教徒という言葉を使ってはいけません。ロンズデール老夫妻は英国国教会の善良で敬虔《けいけん》な信徒です。あの人たちはキリスト教徒の鑑《かがみ》とも言うべき人々です。慎ましく、敬虔で、そして、いつも感謝の心を忘れていない。しかし、礼拝の方式はそれぞれ違っていていいのです。誠実でありさえすれば、神は皆を受け入れて下さるでしょう。十字架に通じる道は沢山あるのです。清らかでまっすぐな心で辿《たど》るなら、どの道を行こうと差し支えありません。それを見守っておられる神は、この世の悩みであれ、犯した罪に対する悲しみであれ、すべての重荷を私達から取り去って下さるでしょう」マシューズ氏が話している時、急に道が折れ、レディー・メアリーは、はっとした。すぐ目の前に、二人が最初に散歩に出かけた時、メアリーがあれほど行きたがっていた家が現われたからであった。

第5章　教訓――転地

「まあ、驚きましたわ、牧師様」メアリーは嬉しそうに言った。「私が訪問したかったのはここなのです！」

「では、あの気の毒な人たちがどうしているか見てみよう」とマシューズ氏は言った。

二人は家の中の様子が一変しているのを見て驚いた。部屋の一角《いっかく》には粗末だが、清潔なベッドがあった。古びた木枠は取り除かれ、部屋はきれいに掃除され、床には砂が撒《ま》かれていた。暖炉のそばの新しいシチュー鍋の中では粥《かゆ》が煮えていた。病気の女と幼子は清潔な衣服を着て、年老いた母親もまた以前よりいい衣服を着ているように見えた。その傍らで健康そうな若い娘が何か忙しく家事をしていた。

すべてがとても快適に見えたので、レディー・メアリーは場所を間違えたのではないかと目を疑った。前日会ったおばあさんは、メアリーに気付いて立ち上がり、メアリーお嬢様の訪問のお陰で自分たちがどんなに幸せになったか話し始めた。今朝ほど、二人の若い女の方がこの家に見舞いに来たというのだ。

「あの方たちは、きっと」おばあさんは続けて言った。「お嬢様のご姉妹ですね。よく出来た腰の低い方々で、まるで天使のように思えました。あの方たちが帰られて二時間もしないうちに、男の人が荷馬車を引いて戸口までやって来たのです。その荷馬車の中に、何が積まれていたとお思いですか？　毛布にシーツ、ベッドカバーとベッドの木枠、マットレス、そして、サリーと赤ちゃんのための衣服だったのです！　その男の人はまた、サリーが回復するまで世話をするようにと、あの元気そうな手伝いの娘さんを連れて来たのです。ほんとに！　ジョンが家に帰ったらびっくりするでしょう！　自分の家が分からないで、きっと妖精たちがここに来たのだと思いますよ！」

「まあ！」と、レディー・メアリーはマシューズ氏を見て言った。「その妖精たちが誰なのか、察しがつきますわ」

牧師は唇にそっと指をあてて、メアリーを制した。そして、その家の女たちに、様々なものが十分に整えられているのが分って嬉しい、と言いながら、メアリーを小屋の外に連れ出した。

「ねえ、メアリー」マシューズ氏はにっこりしながら言った。「あなたが見抜いたその妖精たちは、この貧しい人々の生活を快適に便利にしてあげるために、昨晩からどれくらいの費用をかけたと思うかね?」

「とても沢山のお金だと思います」メアリーは言った。「多分、五ギニー以上はかかっていますわね。まず、ベッドに……」

「あれはベッドではなくて、中古のマットレスなのだよ。物は良いのだが、殆ど費用はかかっていない。毛布とベッドカバーは私の家から持ってきたものだ。そして、ベッドシーツは貸してあげているだけだ。もし、この家の主婦が勤勉で清潔好きで、元気になってきちんと仕事をするようになれば、それらは、この人たちに与えられる。他はごく些細《ささい》なものだ。少しばかりのお茶に、オートミール、砂糖、そして、黒パンの材料、チーズが半分、塩漬け豚肉のあばらが半分、石炭少々とローソク、これら全ては一ギニー半もかかっていないのだ。もしあなたがあげたいと思っていた額を、そのままこの人たちに与えていたら、そのお金は無駄に使われていたかもしれない。その結果、今の半分ほども暮らしはよくならなかっただろうね。私は教区の貧しい人々に何か援助をする前には、その人柄を知ることにしている。だから、今朝、ルーシーとオーラがあなたの同情心をかき立てた一家を訪問している間に、私は彼らの人柄を調べてみた。夫は正直な働き者、妻は、確かな筋から聞いたのだが、怠け者できれい好きとは言えない。いいかね、貧乏な家の幸福と安楽は、すべて妻のやり方にかかっているのだ。金持ちの家庭も例外ではない。あの老婆は妻の母親で、高齢で体が弱っていて、殆ど何も出来ない。その上、愚痴っぽい性格のため物事を余計に悪くしてしまうのだ。あなたは子供たちがぼろを着て汚かったと言う。私はその子供たちがきちんと服を着て気持ちよくなっているか確かめるつもりだよ。もしその衣服が清潔に保たれていると分かれば、これからもこの家族の世話をしよう。しかし、その衣服が洗濯も繕《つくろ》いもされずに、ぼろのままなら、私はこれ以上何もしないつもりだ」

このようにして、更に他の家々を訪問し、そこで目にした場面について話し合っているうちに、レディー・メアリーにとって、時は瞬く間に過ぎた。マシューズ氏は懐中時計を引っ張り出すと、大きな声で言った。「おや、もうすぐ四時だ」

「まあ、大変！」メアリーは驚いて言った。「私達のせいで昼食がおそくなってしまいますわ」牧師館の昼食の時間は三時半であった。

「誰も待ってはいないと思うよ」牧師は答えた。「いつも私を待たないように言ってあるからね。知ってのとおり、私は病人の枕元や、打ちひしがれた人たちの側《そば》で長居をしてしまうことがよくあるのだよ」

家までまだ一マイルも歩かなければならなかった。レディー・メアリーは切実な声で牧師に言った。「お腹《なか》がペコペコです！」家に着くと、家族はすでに食事を済ませており、ルーシーとオーラは何か特別な用事のために外出していた。書斎には、外出している二人のために覆《おお》いを掛けた食事が置いてあった。

「さあ」とマシューズ氏は言った。「おかけなさい、メアリー。お腹がペコペコだと言うことだから、この際、着がえないで食事にしよう。ところで、これは何かな？」覆《おお》いを取ると、まだ温かい茹《ゆ》でた羊のすね肉と、蕪《かぶ》の煮物があった。

「薬味のケッパースはないのかね、ジョン？」

「ございません、牧師様。料理人がないのに気付かず、昼食に間に合わなかったのです。きっと牧師様はお許し下さるだろうと奥様はおっしゃっていました」

「おや、おや、では有り合わせで頂くことにしよう」レディー・メアリーの皿に羊肉と蕪を取り分けながら、牧師は言った。

メアリーは食欲に勝る味付けは無いとばかりに、早速たっぷりの蕪《かぶ》とパンと一緒に、数切れの羊肉を平らげ、「今までにこんなに美味《おい》しい昼食は頂いたことがありません」と言った。

「食後のデザートにタルトパイを少しどうかね？」牧師がたずねた。「ジョンがタルトか、でなければチーズとビスケットを見つけてくれるだろう」

「まあ、とんでもありません、牧師様。お腹《なか》いっぱい頂きました」

「ああ、愛しい娘よ！」マシューズ氏はわざと感に堪《た》えない調子で言った。「かわいそうで胸が痛くなる！　朝、牧師館を出てから、一日中ずっと家から家へと歩き、腹ペコで疲れ果てて帰宅した。すると、わずかな茹《ゆ》で肉と蕪《かぶ》しか無く、それを一杯の冷たい水で流し込むとは……」ここで、マシューズ氏はすすり泣く振りをした。そのユーモアを理解したレディー・メアリーは、ぷっと噴き出してしまった。

「分かるかね、メアリー」いつもの優しく穏和なマシューズ氏に戻って、牧師は言いきかせた。「体を動かして働いて空腹になった時には、たとえ質素でも、体に良い食事さえあれば十分に食欲は満たされる。それ以上を望むのは大きな考え違いだよ。食物の乏しい所では、私達の善性が目覚め、慈善の手を差し伸べるように導かれるのだ」

「今日、牧師様は生涯忘れてはならない教えを授けて下さいました」レディー・メアリーは言った。

このようにして、マシューズ氏が、後見する美しい娘たちの知性を磨き躾《しつけ》をし、外気や運動によって彼女たちの体を鍛《きた》えて行くうちに、いつしか歳月は過ぎていった。サウサンプトンから招かれた教師が、レディー・メアリーとミス・ブレイクニーに音楽と絵画を教授した六ヶ月間は、とりわけ楽しい期間であった。続く六ヶ月間、彼女たちは折を見つけては、習得したすべてをオーラ・メルヴィルに熱心に教えた。

こうして三人の娘たちは精進して、教養をしっかりと身につけ、目覚しい成長を見せたのであった。その地区には多くの紳士階級の家族がいたが、ロバート・エーンズリー卿ほど足繁くこの家を訪れる人はいなかった。エーンズリー卿の息子のエドワードは、ロンズデール老婦人の身の上話に登場して以来、牧師館の娘たちの人気者になっていた。しかし、彼はオックスフォード大学で勉学中であったため、めったにこの家に顔を見せることはなかった。

ルーシーが二十歳になったばかりの一七九四年の夏のこと、キャベンディッシュ老嬢が次のような提案をした。「娘たちに社交界を経験させるため、たまには場所を変えて、数週間ブライトンで過ごしましょう。そして、冬にはロンドンに行きましょうよ」マシューズ夫妻は長く幸せに暮らしたこの場所に愛着を抱いてはいたが、転地に同意した。というのも、上流夫人になる機会が多くある環境へ、ルーシーを置いてやるべきだと考えたからである。六月半ば過ぎ、マシューズ一家はブライトン（＊イギリス海峡に臨むイング

イングランド南部のマナーハウスの一例

ランド南部の町」へと出発した。

マシューズ一家は、ブライトンで、ロバート・エーンズリー卿と子息のエドワードに会うことになっていた。マシューズ氏が上流社会の華やかな社交の場に出たくない時には、エドワードが娘たちに付き添い、スティーヌ川沿いの散歩や、ブライトン郊外の景勝地への散策へ伴ってくれる約束だった。

これはマシューズ家一行にとって、とても楽しいことであった。年配の婦人たちはマシューズ氏の旧友ロバート・エーンズリー卿との付き合いを好んだ。マシューズ氏にとってロバート卿は大切な旧友であった。若い女性たちは、ロバート卿を父親のように、そして息子のエドワードを兄のように慕った。実際、レディー・メアリーは自分がエドワードに恋していると想像したほどだった。そして、いかにも悲しく残念そうに、エドワードは美男子で寛大で親切なのに、「高貴な貴族の生まれではない」とルーシーとオーラに嘆いてみせた。

「本当に親切でいらっしゃいますわ」長い睫毛《まつげ》の下からいたずらっぽい眼差《まなざ》しでレディー・メアリーを見て、オーラは言った。「どなたにもそれはご親切ですから、誰も自分がエドワードさんの特別のお気に入りだと自惚《うぬぼ》れることは出来ませんわね」

「ええ、その通りね。でも、私があの方から特別な思いで見られているとすれば、本当に残念だわ。ご存知のように、亡くなった母はいつも言っていました。もし私が貴族の位より下の人と結婚するようなことがあれば、お墓の中でもおちおち眠ってはいられないって」

「あなたの今の決心が揺るがなければ、たとえあの方に結婚を申し込まれたとしても、何も心配することはないでしょう」笑いながら、オーラが言った。


一行はまもなくブライトンの新しい住居に落ち着いた。彼ら一行の名前は町の人々の家や図書館などにある人名録に記載された。三人の美しい孤児たちの気取らぬ物腰、地味な服装、控えめな美しさ、そして、三人とも女相続人らしいという噂《うわさ》によって、多くの崇拝者や詐欺師《さぎし》たちが彼女たちの周りに群がってきた。しかし、マシューズ氏の威厳のある紳士的な態度、キャベンディッシュ老嬢の安易に人を寄せ付けぬ尊大さ、そして、エドワード・エーンズリーの兄のような心遣《こころづか》いによって、彼女たちは無礼な輩《やから》の介入から守られていた。

エドワードは三人の娘に細《こま》やかに気を配っていたが、なかんずくルーシーに好意を寄せていた。だが、世間はおろか、意中の人ルーシーにも気取《けど》られぬよう、自らの熱い想《おも》いを表に出さず自制していた。

ロバート・エーンズリー卿は最初の結婚で二人の息子と一人の娘をもうけていた。この子供たちは、結婚して家庭を持っており、若い娘たちと親しくするには年が離れすぎていた。エドワードの母はエドワードを生んで数年後に世を去った。残された幼いエドワードは、父親の慰めであり、喜びであり、そして、お気に入りであった。優れた才能を持ち、清廉潔白なエドワード青年の心に、冷静で計算高い彼の異母兄の言葉が、深い楔《くさび》のように打ち込まれていた。「もしネッド〔＊エドワードの愛称〕が美しい女相続人を捕まえることができれば、彼にとってうまい投機になるだろう」この一言によって、エドワードは感情や恋心を抑制するようになっていた。さもなければ、きっと彼はルーシーへの恋心を打ち明けたことであろう。

ある晴れた朝、三人の娘たちとエドワードがスティーヌ川沿いを散歩していると、軍服姿の凛々《りり》しい一人の青年がエドワードに声をかけてきた。「エーンズリー、元気かい？　ここで君に出会うとは奇遇だな。僕の連隊は六ヶ月前からこの地で任務についているんだ。君もしばらくここにいるのかい？」エドワードは差し出された手を心を込めて握った。そして、「某連隊のフランクリン中尉」として、彼を美しい三人の令嬢たちに紹介し、続いて彼女たちを彼に紹介した。その後、フランクリン中尉も一行に加わり、彼らはさらに一時間ばかり砂浜を散歩した。それから二人の青年は、マシューズ氏の滞在する家の玄関まで彼女たちを送って行き、そこで別れを告げた。

「おい、ネッド、君は運がいいな」その将校は言った。「カリスたち〔＊ギリシャ神話の美の三女神〕とあんなに打ち解けた仲だとはね。まったく、君の三美人は女神の呼び名に値するね。ところで君は誰か特別の仲の女性でもいるのかい？」

「とんでもない」エドワードは答えた。「僕の父があのお嬢さんたちの一人の後見人をしているのだよ。その女性はたいした女相続人なのだ。そして、他の二人の後見人もしているマシューズ牧師と、父はとても親しい間柄なのだ」

「その二人の女性たちも女相続人なのだね、ネッド？」

「正確にはそうとは言えない。一人は上流階級の独立した収入を持つ女性だが、もう一人は、貧しい孤児なのだ。その孤児の家族のことは後見人のマシューズ牧師しか知らない。そして、財産と言えるほどのものはなく、後見人の好意によるものだというのがもっぱらの噂《うわさ》だ」

「それで、どの女性がそのたいした女相続人なのだい?」

「それを見つけるのは、君の賢明なる判断力に任せるよ。だが、まさか君は不純な動機で伴侶を選んで、人生に船出するつもりではないだろうね?」

「いや、とんでもない。僕の祖父がそんなことにならないように取り計らってくれている。祖父は、快適に暮らせるだけでなく、慎重に管理すれば優雅な暮らしを保証するのに十分な財産を僕に残してくれたのだ。それに僕は、賭け事とか、競馬、流行のレビューなどに入れ込む趣味はない。妻には富よりもむしろ人柄の良さや良識、そして分別を求めたい。とは言え、一寸《ちょっと》美人で物腰が美しいのは、必要条件とは言わないが、歓迎するね」

フランクリン中尉には三人の弟と二人の妹がいた。中尉の父親フランクリン大佐は砲兵隊の将校で数々の激戦をくぐりぬけ、長年外国で過ごす間に莫大な財産を築いた。彼は駐屯先の米国で、地元の裕福な名士の一人娘と結婚した。アメリカ独立戦争中の七年間、彼は前線の陸軍大隊に軍事物資を補給する任務についていた。戦争が終わると、かつての砲兵隊の隊長は身一つで九年前に去った故国イギリスへと戻っていった。彼が携えていたのは、給料と名誉ある家柄と公正な性格だけであった。しかし、彼は勇敢な行為に対して国王から感謝され、華やかにきらめく社交界に登場したのであった。彼の家はロンドンのポートランドプレース通りでもっとも優雅な館の一つだった。彼の随員と屋敷は一流の貴族にふさわしいものだった。夏の別荘として、彼が購入したケント州ファヴァシャム近くの広大な領地ベルヴューには、美しい広大な邸宅と良く手入れされた農場数ヶ所、運動場、釣り池、温室などがあった。

砲兵隊の大佐の位に昇進し、アメリカで陸軍主任技師の職務にあったフランクリン中尉の父親は、社会的地位も高く英国の一流の人士たちと交際があった。その長男フランクリン中尉は何不自由なく育てられ、職業として陸軍軍人を選んだ。他の息子たちはまだ年少だったので、ロンドンに近い名門校で教育を受け、二人の娘ジュリアとハリエットは優秀な女家庭教師の監督のもとに、家庭で教育を受けていた。

フランクリン中尉をマシューーズ氏の家族に紹介する時、ロバート・エーンズリー卿は中尉を褒《ほ》めちぎった。フランクリン中尉は歓迎され、頻繁《ひんぱん》にマシューーズ一家を訪れるようになった。ルーシー・ブレイクニーが自分の財産を持っていることは知られていたが、それがどの位あるのかはルーシー本人にも明かされていなかった。マシューズ氏は富が諂《へつら》いを招くことを心配したからである。彼はルーシーの善良さを信じてはいたが、人の心を毒する、口から出まかせのお世辞に晒《さら》された時の、人間の心のもろさを恐れたのであった。

表面的に見れば、ルーシーが独立した女相続人だと思う者はいなかったであろう。その控えめな物腰、後見人とその家族に対する恭《うやうや》しい態度、そしてルーシーが日頃からオーラ・メルヴィルに礼儀正しく、また愛情深く接し、オーラの顔を立てるのを見て、誰もがルーシーこそこの家の扶養家族にちがいないと思うのであった。

レディー・メアリーはオーラを怖がっていた。オーラの機知はお茶目なものであったが、時に辛辣《しんらつ》であった。虚栄心の強い貴族の娘メアリーはしばしばその辛辣な非難に良心が痛むのだった。メアリーの自己満足が態度に出ている時、オーラにじっと見つめられると、メアリーは思わず目を伏せた。マシューーズ夫妻やキャベンディッシュ老嬢は、オーラ・メルヴィルが許らずも一目置かれる存在になったことを歓迎した。オーラが居てくれるお蔭で自分たちは幸せなのだという態度を取ったので、訪問者たちもオーラに敬意を払うのだった。

こうした状況から、オーラは独立した女相続人であり、レディー・メアリーはそこそこの財産を持つ身分の高い娘、そしてルーシー・ブレイクニーはマシューズ氏の好意に頼って生活している孤児だという見方が一般に定着していた。また他にもその誤解を強める原因があった。ルーシー・ブレイクニーは、後見人のマシューズ氏が衣服や小遣いのために相当額の支給金を与えていたにもかかわらず、極めて地味な服装をしていたのだ。ルーシーの衣装は品質の良いものだったが、見た目は質素であった。ルーシーは贅沢《ぜいたく》なけばけばしい服装で、その魅力的な容姿を損なうことはなかった。晴れの場所に備えて高価な服飾品を買う場合には、ルーシーはオーラ・メルヴィルに、自分と同等か、それよりも華やかで質の良い物を必ずプレゼントした。しかも、その行為を人に気付かれないよう、皆が揃《そろ》って買い物に出かける折にはいつもオーラに会計係を頼んだ。ルーシーはオーラに任せると安心して買い物できるからと笑いながら言ったのだが、実際には自分の気前よさを隠すための配慮であった。

こうしてフランクリン中尉も一般の人々と同じ誤解に陥《おちい》った。中尉は、ミス・ブレイクニーの容姿と物腰に魅了され、この愛らしい女性を他人に依存する生活からもっと豊かな立場に引き上げることが自分にできれば、何と誇らしく幸せなことかと密かに思った。そこで彼は、ルーシーを良く観察して、その人柄が魅力的な外見にふさわしいものなら、ルーシーに結婚を申し込み生涯をかけてルーシーを幸せにしようと決心したのである。もしも、ルーシー・ブレイクニーが実際には極貧の孤児であるのに、フランクリン中尉がルーシーを豊かな女相続人だと誤解して結婚を考えているのなら、ルーシーは自分のありのままの立場をフランクリン中尉に明らかにしてくれるようにマシューズ氏に懇願したことであろう。しかし、事情は逆であった。連隊でも指折りの美青年である将校に注目されて嬉しく思わない女性はいないであろう。品行方正で一流の人士から高い評価を受け、かなりの財産の所有者であると知られている青年が、財産を持たぬ孤児であろうとも、ルーシーその人のすばらしさゆえに彼女を愛していると表明しているのである。

マシューズ氏は少しロマンチックな傾向があったので、ルーシー・ブレイクニーの状況から世間の誤解のヴェールを強いて取り除くことはしなかった。だが、オーラが女相続人だと言う偽りの推測によって、オーラのために申し分のない縁組を手に入れるという考えには、おぞましさで慄然《りつぜん》としたことであろう。

しかし、この件については良心的な後見人マシューズ氏がすぐさま誠実さを要求されるような事態は起きなかった。女相続人という豊かな報酬を期待して、オーラ・メルヴィルの周りを飛び交う蛾や夏の羽虫は数多くいたが、オーラによって一定の距離を置かれていたため、彼らは決してオーラの平和をかき乱したり悩ませたりすることは出来なかった。彼らは皆一律に扱われた。時にまったく無頓着に話を聞き流され、時に笑われ、しばしば軽蔑とすれすれの尊大さであしらわれて、財産目当てでオーラに群がる男たちは心を痛める羽目となったのである。

第6章

巡り合い――舞踏会――一目惚れ

その朝は、ブライトンの訪問客たちが図書館〔＊十八世紀から十九世紀頃にかけてのイギリスでは図書館は一種の社交場であった〕に立ち寄り、小売店を冷やかしたり、スティーヌ川沿いを散歩するのにちょうど良い日和《ひより》であった。エドワード・エーンズリーは一方の腕をルーシーに、もう一方をレディー・メアリーに貸して、丘陵地帯を散歩した後、公共図書館の中へ入っていった。そこでは種々雑多な人々が富くじや噂《うわさ》話《ばなし》に興じ、男女で談笑したりしていた。

館内の休憩室の奥まった所に、一目で病気と分かる軍服姿の老紳士が座っていた。傍《かたわ》らには上品な上流階級の女性が寄り添っていた。その女性は明らかに女盛りを越えてはいたが、顔には美貌と知性が見て取れた。エーンズリー一行は店の主人に案内されて、この二人の近くの座席にやって来た。

「フランクリンさんはどこでしょう?」レディー・メアリーは座りながら言った。「あの方、夕べも今朝も私達を構って下さらなかったわ。今度お会いしたら、うんとお小言を言いましょう!」

「きっと」ルーシーが言った。「フランクリンさんは、その理由を良く説明して下さるわ」

「ああ、大変!」軍服を着た老紳士に付き添っていた女性が叫んだ。「どうなさったの? あなた! ああ、どうか道を開けて下さい。主人を外気に当てますので。とても気分が悪いのです」

18世紀イングランド南部の都市の図書館風景

ルーシーが振り向くと、その退役軍人は死人のように青ざめ、妻の肩にぐったりともたれかかっていた。買ったばかりの香水を持っていたルーシーは進み出て、その香水を生気が失われた老紳士に差し出した。揮発性の香りに彼は意識を取り戻し、眼を開けた。そして、まじまじとルーシーの顔を見たかと思うと、その差し出された手を払い退《の》けて叫んだ。

「この女を退《しりぞ》けてくれ。この幻がいつまでも私に付きまとう。寝ても覚めても私の前にいるのだ！」

その時、フランクリン中尉が店にひしめいていた群衆をかき分けて近づき、エーンズリーと女性たちに軽く会釈して、老紳士を助け起こした。夫人に手伝ってもらって、店の入り口で待っていた馬車へと老紳士を伴った。従僕が老紳士を助けて馬車の中に入れた。フランクリン中尉は手を取って夫人を中に入れると、急いで自分も乗り込み、馬車は走り去った。

「あの者は誰なのか？」「一体、何事か？」人々は口々にたずねた。エーンズリー一行が耳にしたのは次のようなことである。あの老紳士はかつて勇敢な軍人であり、海

ウィンチェスター市の紋章

ウィンチェスターの主教の紋章

外で長年軍務についている間に負傷した。その後遺症に彼はいまだに苦しみ続け、時々、軽い狂気の発作に襲われるという。ルーシーの眼は涙で溢れた。ブランドフォード老軍曹を思い出したからである。「でも、勇敢な将校だったというこの老紳士の苦しみに比べると、老軍曹の不自由な足などたいしたことではないわ」ルーシーは心の中で思った。「ブランドフォード老軍曹が持っているのは粗末な田舎家と傷病兵手当てだけ。それでもあの老軍曹は明るく幸せそう！　先ほどの気の毒な老紳士は、なに不自由ない豊かな暮らしなのに、何と不幸なこと！」

エーンズリーは三人の女性たちを図書館から外へ案内しながら嘆息したが、何も言わなかった。レディー・メアリーは言った。

「まあ！　何とお気の毒なのでしょう。あんなに立派な馬車を持っている人が重い病気で、不幸せだなんて！　ねえ、あのお仕着せをきた従僕たちは本当に威厳があったわね。それに馬車の扉に飾ってあった紋章の見事だったこと！」レディー・メアリーは母に教えられて、紋章学に詳しくなっていた。彼女の母親は、階級、家系などに関心が深く、盾形紋章、紋章の中の動物、銘文、そしてイギリス貴族の紋章の意味について語らせれば、何時間でも止まるところがなかった。


この日の夕刻、重苦しい夕食の後で、フランクリン中尉の母は息子と二人きりになってから言った。「今朝、お父様に気付けの香水を差し出して、あなたが会釈《えしゃく》していたあの若い女性はどなた？」

「ミス・ブレイクニーです。とても気立てのいい人で、マシューズ牧師がお世話をしています。マシューズ氏は、夫人と義妹のキャベンディッシュ老嬢、それに後見人をしている三人の娘さんと一緒に、ブライトンに数週間滞在中なのです。素敵な家族なので、父上の体調の良い時に、母上にもその家族を紹介したいと思っています」

「無理でしょうね」母親は嘆息して言った。「病状が不安定な上に、お父様は心に重荷を抱えておられるご様子。ジャック〔＊ジョンの愛称〕、お父様はここ数ヶ月で随分変わりました。よくお休みになれないのです。強い鎮静剤を飲んだ時だけ、少し気分が良くなるようなの」

「戦争時の傷がひどく痛むのでしょう」息子が答えた。「しかし、場所を変えて、付き添う医者たちの指示をしっかり守っていれば、きっと良くなりますよ」

その時、使用人を呼ぶ夫、フランクリン大佐のベルの音が聞こえたので、夫人は夫の部屋へと急いだ。優しさで夫の苦しみを和らげ、話しかけて夫を元気づけようとするのであった。

「私はどこにいたのだ、ジュリア?」大佐はたずねた。「あの気が遠くなってしまった時に」

「スティーヌ川近くの図書館ですよ。あなたに気付け薬を差し出したあの素敵なお嬢さんを覚えていらっしゃいませんか?」

大佐は額に手を当て、低い声で何か呟《つぶや》いた。そして、座っていたソファーにぐったりともたれ、眼を閉じた。妻が黙っていたので、彼はやがて不安なまどろみに引き込まれていった。

「ロンドンに戻るぞ」目覚めてすぐに彼は言った。「明日発つことにしよう。途中マーゲートとラムズゲート〔＊いずれもイングランド南東部ケント州にある保養地、港町〕に立ち寄ってから、ベルヴューに行き、そこで夏を過ごすのだ」

「妹さんの所にしばらくの間行かれませんか？　この夏に訪問しないと、妹さんは、それはがっかりなさいますよ」

「何、ハンプシャー州へか？　いや、だめだ。ハンプシャー州に行くことはできない」

翌朝、フランクリン中尉は両親と朝食を共にした後、連隊へ戻って行った。両親もブライトンを離れた。彼らはブライトン滞在を数日間で切り上げたのだ。転地が父、老大佐の心身の回復に役立つだろうと期待したのだが、虚《むな》しい願いに終わった。

マシューズ氏の家族は皆、病気の老紳士と図書館で出会った件には触れないように気遣《きづか》っていた。その病人がフランクリン中尉の父親であることが分かったからだ。二日後に、フランクリン中尉が、両親はブライトンを発ったとマシューズ氏の家族に告げた時も、誰も何も言わず、父上の健康が早く回復なさいますようにという願いが表明されただけであった。

夏も終わりに近づいた頃、ブライトンで軍務についている将校たちは、多くの名門の家族や、一時的にブライトンに滞在している人々から受けた丁重なもてなしに報いるため、盛大な舞踏会を開催することを決めた。マシューズ氏の家族も招待客の中に入っていた。レディー・メアリーは嬉しくて、足が地に着かぬ様子であった。ルーシーでさえも舞踏会と聞いて心が浮き立つのを感じた。舞踏会にはブライトンの華やかな上流階級の人々がすべて集《つど》い、身分の高い人々も姿を見せるということであった。

三人の娘の中で一番冷静なのがオーラ・メルヴィルであったが、エドワード・エーンズリーに最初の二曲を踊って欲しいと申し込まれた時、オーラの胸の鼓動は早くなった。——この胸の高鳴りこそ、オーラに言い寄ってくる他の称賛者すべてに、彼女が無関心であった理由であろう。

舞踏会はそれを期待して待つ間も、始まってからも、参加する人々にとって楽しいものである。しかし、描写するとなると退屈この上ないものだ。そこで、三人の孤児たちはたいそう舞踏会を楽しんだと言うにとどめよう。

ルーシーに対するフランクリン中尉の関心は傍目《はため》にも明らかになった。その並々ならぬ熱意を見たマシューズ氏は、二人の仲がこれからも続いて、中尉がハンプシャー州に来るようなら、彼を訪ねてはっきりその気持ちを聞き、ミス・ブレイクニーの本当の立場を明かそうと心に決めた。そして、二人が結婚することになれば、その後何が起ころうと、生涯にわたって経済的自立を可能にする財産をルーシーに継承させようと心に決めたのである。

舞踏会の翌朝、レディー・メアリーは、その前夜、舞踏会で彼女と踊り、戯《たわむ》れ、お世辞を言った若い准男爵の凛々《りり》しい容姿、粋な物腰、称賛の言葉について、ルーシーとオーラを相手に丸一時間しゃべり続けた。この青年は、メアリーの自惚《うぬぼ》れやすい心に、動揺の小波《さざなみ》を引き起したのである。ルーシーは微笑《ほほえ》みながらおしゃべりに耳を傾けた。オーラも笑みを浮かべたが、レディー・メアリーに、「あの方、とてもハンサムだと思わない?」と、しつこく問われると、いたずらっぽい眼差しでこう答えた。

「ええ、まァ、十人並みのお顔立ち。目と歯は悪くないし、ちょっと良いお洋服をお召しだし、無難なところでしょう。でも、レディー・メアリー、あの人には貴族の血が流れていないのですよ。先祖にロンドン市長がいたというだけで。もしあなたが貴族以外の男性と結婚するなら、あなたのお母様はお墓の中でもおちおち眠っていられないとおっしゃっていたわね。ところで、あの方、スティーブン・ヘインズ卿の父親と祖父は、たしか文房具商と、本屋だったたわ。そして、いいこと、メアリー、レディー・メアリー、あえて言わせて頂くと、このスティーブン・ヘインズ卿の母方は、あの有名なホイッティントン〔*十五世紀頃、一匹の猫によって莫大な富を得て三度ロンドン市長になったという人物〕の傍系の子孫なのです。ほら、猫を一匹連れて運よくセント・ヘレナ島〔*南大西洋にある英領の島〕へ渡り、財を成したあの平民ですよ」

「何故それがセント・ヘレナ島だと分かるのかね、オーラ?」マシューズ氏が本から目を上げながらたずねた。マシューズ氏が読書している同じ居間で、娘たちは前夜の出来事についておしゃべりしていたのである。

「あら、そうではないかと思っただけです、牧師様。地理の本で読んだのですが、セント・ヘレナ島には鼠《ねずみ》がはびこって、穀物を育てることも、貯えることも出来なくなったことがありました。そんな時、猫はとても重宝《ちょうほう》でしょう?」

レディー・メアリーは、感情を害されて居間を出て行こうとしたが、准男爵スティーブン卿が午前中に来訪することになっていたので、思い留まった。実際、彼はやって来た。そして、巧みにお世辞を言ってメアリーのご機嫌をとったため、レディー・メアリーは平民との結婚は自分を貶《おとし》めるという母の遺言をすっかり忘れてしまった。さらに、夫は貴族の出ではなくとも、自分はレディー・メアリー・ヘインズに十分満足できると思い始めるのだった。

マシューズ氏は、後見をしている三人の孤児の各々の利益と幸福を深く心に懸けていた。彼は、メアリー・ラムリーには生来、多くの長所があると考えていた。しかし、この長所はメアリーの母親の無分別な育て方によって損なわれていたのである。マシューズ氏は、メアリーのロマンスに憧れる現実離れした考えを直そうと努力し、ある程度は成功を収めた。同時に、彼は人間の性《さが》についても熟知していたので、軽はずみな若い娘の心の中で恋と空想癖が一つになれば、その娘が情熱に流されて突き進むのを引き止める術《すべ》はないことも分かっていた。ともかく、マシューズ氏はその准男爵とやらの実情を調べてみることが自分の義務だと思った。

三ヶ月経てばレディー・メアリーは成人の年齢に達し、法律上一人前の独立した女性となる。そして、わずかな財産ながらも相続すれば、メアリーは今までと同じ生活水準を今後も保証されることになる。さて、スティーブン・ヘインズ卿の実情を調べてみると、この人物はある都市の裕福なナイト爵の一人息子ではあったが、親譲りの財産をほとんど使い果たしていることが分かった。父から受け継いだ数千ポンドと百エーカーの土地のうち、残るはウィルトシャー州にある閑静な邸宅ウォルステッド・ホールだけであった。ここには庭、松林、放牧地、農地が付随していたが、既に、抵当権が設定されていた。それゆえ、現在、彼の全収入は一年に七百ポンドにも達していなかったのである。

「メアリー・ラムリーには良識がある」牧師は独り言を言った。「この重大な問題について、メアリーと話をしよう。彼女の所有する七千ポンドがいったい何の役に立つというのか？　ヘインズ卿の屋敷の抵当を解除することさえできない。そして、そのお金が無くなった時、メアリーはどうすればよいのだ？」ある朝、食堂でメアリーと二人きりになった時、マシューズ氏は言った。「メアリー、おまえが大層気に入っているあの青年は、おまえとの結婚を望んでいるのかね？」

「あの方は私を愛して下さっています、牧師様」とメアリーは答えた。「あの方はウィルトシャー州に立派な家屋敷を持っている由緒ある家柄の一人息子です。そして、私達の結婚に先立って、どんな財産譲渡の取り決めでもして下さるそうです」

「それでは、あの青年との結婚を承諾したというのだね？」

レディー・メアリーは、当惑したような顔をした。「あの、お断りはしませんでした、牧師様」

「なあ、メアリー、あの青年は財産も人格も破綻《はたん》しているのだよ。あの男は賭博《とばく》で大金を失い、娼婦や破廉恥《はれんち》な男たちと付き合っているらしい。そのような男性と結婚して幸福になれると思うかい？」

「改心するかもしれません。私、あの方はきっと改心するだろうと信じています、牧師様」

『かもしれない』は、まず可能性がない。また、『だろう』は、ほとんど当たりはしない。人生の第一歩でふしだらな女たちと付き合ってきた男たちは、その時知ったことから性全般についての考え方が決まるものだ。そういう男たちは、女というものは誘惑に弱く、節操を保つことなど出来はしないと思っている。やつらはふしだらな人妻や、信仰心や貞操観念のかけらもない娘たちを手軽な餌食《えじき》にしてきたからだ。メアリー、そのような輩《やから》が、欲情からか、あるいは利害からか、あなたを愛していると言うかもしれない。しかし、ひとたび欲情が満たされ、利害の目的が叶《かな》えられるか、失望に終わるかすれば――この際、そのどちらかは問題ではない――、興奮は失せてしまい、熱烈な恋人だった男は、家庭で暴君、いや冷酷非情な野蛮人になり下がるのだ」

「牧師様」レディー・メアリーは憤然として言った。「私はスティーブン・ヘインズ卿はそのどちらにも堕落なさるとは思いません」

「お願いだから、メアリー・ラムリー」牧師は言った。「結婚というあなたの将来の幸せにとって重要な一歩を踏み出す時は、自分の判断に頼るだけでなく、あなたの後見を任されているこの私にも相談してもらいたい。世間を見てきた私は、若く未経験な船乗りたちが岩や流砂にぶつかって難破しないように守ってやりたいのだ。私は本気で言っているのだよ。あなたが甘やかされてひ弱に育てられたのは分かっている。あなたの危うさ、誘惑に組み敷かれてしまう心のもろさを、私はよく知っている。だから、あなたが結婚する前に、適切な財産分与の取り決めがなされるよう取り計らうのが、後見人としての私の義務なのだ」

「今すぐには結婚いたしません、牧師様」メアリーは言った。「それに、もうしばらくすれば、私は法律上、一人前の女性と認められ、私自身の財産を管理できる年齢になります」

「全くその通りだ」マシューズ氏は、嘆息して言った。「しかし、レディー・メアリー、どうか、早まった行動はしないでくれ。友人に相談するのだ。あなたを愛している人々の忠告を聞くのだ。放蕩《ほうとう》で非情な夫がもたらす窮乏に、あなたはやがて耐えきれなくなるだろう。今は崇拝していると見せかけながら、その女性がいったん妻となるや、そういう夫は妻に対する軽蔑と冷淡さを露《あら》わにする。その時、おまえの心痛はそら恐ろしいものとなるだろう」

「そのどちらもありえません、牧師様」

「哀れな子供よ、私の言ったことが現実とならないように祈る。だが、私はスティーブン卿に会って話をしてみることにしよう」マシューズ氏は続けて言った。「そんなことはなさらないで下さい」メアリーはいらいらして言った。「スティーブン卿のお考えに私利私欲はありません。私の取るに足らない財産など、あの方の家屋敷や財産に比べて一体何だというのですか？　あの方は私から一ペニーも欲しがってはいらっしゃいません」

「それなら、メアリー、あなたの全財産の終身受益権をあなた自身の名義にすることで、あの男の言っていることの真実を証明してもらいなさい」

「何ですって、牧師様、あの方はあんなに大らかでいらっしゃるのに、私に、これから夫となる人を全く信頼しない狭い了見の利己的な人になれとおっしゃるのですか？　お断りします、牧師様。私の身体をあの方に捧《ささ》げる時、私はすべての財産も捧げます。寛大なスティーブン卿は、私の信頼を決して裏切《うらぎ》ったりなさいません」こう言うと、レディー・メアリーは涙をおさえて部屋を出て行った。マシューズ氏は高ぶった気分を鎮《しず》めるために、スティーヌ川沿いを散歩することにした。この不愉快な議論に牧師は少なからず苛立《いらだ》っていたのだ。

「一体どうしたの、レディー・メアリー？」と、ミス・ブレイクニーは階段の所でメアリーに出会ってたずねた。

「別に、なんでもないの。ただ、牧師様がスティーブン・ヘインズ卿のことで私にお説教をなさったのです。二十一歳にもなる女性が、身の処し方も、自分の行動についての判断も全く出来ないかのようなおっしゃり方でしたわ」

「まあ、それについては」一緒に応接間に入りながら、ルーシーは微笑みながら答えた。「女性の中には、四十歳になっても判断できない人がいますわ。冗談はさておき、この件については、マシューズ様の忠告に逆らって、決定的な一歩を踏み出さないように心から願うわ。だって、あなたはスティーブン・ヘインズ卿と知り合って、まだ二週間にもなっていないでしょう。あの方の性格や考え方などまだよく分からないでしょうに」

「あなただってフランクリン中尉のことが分っていないのは私と同じだわ。でも、フランクリン中尉が求婚なさったら、あなたは断ったりしないでしょう？」

「そんなことないわ、レディー・メアリー。わたしはロマンチックな恋など考えていません。ですから、一目惚《ひとめぼ》れなんて笑ってしまいます。私は後見人のマシューズ氏とロバート・エーンズリー卿の承諾なしには、どんな男性のプロポーズも受け入れたりしません。それに、二十歳にもならない青年と婚約するなんて正気の沙汰ではないわ。フランクリン中尉は私より一歳年下なのですよ！」

その時、マシューーズ夫人とキャベンディッシュ老嬢、そしてオーラ・メルヴィルが入ってきたので会話は中断した。その日はあれこれ楽しい約束事で忙しく過ぎた。そして、マシューーズ一家がブライトンに滞在している間、特に深刻な事件は何も起こらなかった。

九月の中頃、マシューーズ一家はサウサンプトン近くの楽しい我が家へと帰って行った。それから二ヶ月間、エーンズリー、スティーブン、それにフランクリンはマシューーズ氏の家に現れることはなかった。エドワード・エーンズリーは父に同行してロンドンへ行った。スティーブン・ヘインズは文無しで、金持ちの女相続人レディー・メアリー・ラムリーとまもなく結婚するのだと周囲に吹聴して、借金取りから逃げ回っていた。そして、フランクリン中尉は軍務のために、ブライトンを離れることが出来なかった。

第7章　愚行――清廉――ブランドフォード軍曹を訪ねる

十月の冷気の中、夜の帳《とばり》も降り、外を歩く人影もなくなっていた。「メアリー・ラムリーは一体どこにいるの?」キャベンディッシュ老嬢が不安を声に出した。レディー・メアリーは、その日をミス・ブレントンと過ごすと言って、午前中にブレントン家へ出かけて行った。遅くなればいつもブレントン夫人の使用人がレディー・メアリーを家まで送ってきていた。それで、家族は夜十時近くまでは、さほどメアリーの帰りを心配していなかった。マシューズ氏はルーシーを相手のチェスを中断して、懐中時計を見た。オーラは部屋の中を歩き回り、二人の年配の婦人たちは居ても立ってもいられなくなった。

ふいに玄関のベルが鳴って、皆、はっとした。マシューズ氏は心配のあまり、使用人より先にドアのところに駆けつけた。それでマシューズ氏はレディー・メアリーに付き添って来た人物が足早に立ち去る様を見て、それが使用人ではないと気付いた。それどころか、マシューズ氏はメアリーのためにドアを開けてやった時、その人物がメアリーの手にキスをするのを見たような気がしたのだった。

「軽率だね、メアリー」マシューズ氏は心配して言った。「こんなに冷える晩に、こんな時刻になるまで外出しているとは。しかも、そんな軽装で。ドアのところで別れたあの人は誰だね？」

「ブレントン夫人のお宅で一緒に食事をした方です」

「では、レディー・メアリー・ラムリーは、夜遅く人気のない一マイルもの道を、見ず知らずの男性に付き添ってもらっていいと思っているのかね？」

「あの方はブレントン夫人の知り合いです、牧師様」

「おまえの知り合いでもあるのだね、メアリー――」

「以前、お会いしたことがあります、何度か」とメアリーはためらいながら言った。そして、食器棚から灯のついた燭台を一つ取ると部屋から出て行った。

「メアリーは自分を台無しにしてしまうわ」マシューズ夫人は言った。

「それなら、その責任は自分で取らねばなりません」キャベンディッシュ老嬢が答えた。
「ああ、心配でたまらない」姉のマシューズ夫人が再び言った。「罪より重い罰を受けることになるでしょう。罪は恋に溺《おぼ》れている一瞬のうちに犯されるかもしれません。でも、その後に続く苦い後悔は長い人生をずっと惨《みじ》めなものにするでしょう」

クリスマスだけはハンプシャー州の自分の家と教会で祝いたい、というマシューズ氏の願いが実現した直後、一家はロンドンに引き移った。ロンドンでは、ブルームズベリー広場に面するサウサンプトン通りに、立派な家具付きの家を、ロバート・エーンズリー卿がマシューズ一家のために用意して待っていた。スティーブン・ヘインズ卿は再びこの家に足繁《あししげ》く出入りするようになった。しかし、ヘインズ卿は必ず他の来客が同席している時を狙《ねら》って現われ、マシューズ氏と二人きりで話をする機会を避けるよう細心の注意を払っていた。レディー・メアリーに対するヘインズ卿の態度は礼儀正しかったが、よそよそしくもあった。それで後見人のマシューズ氏は、ヘインズ卿が当初の計画を変えて、もっと金になる獲物《えもの》を狙《ねら》っているのだろうと推測し始めたのである。それで、マシューズ氏はつい油断して、後見しているメアリーについてのこの問題をもう気にかけないことにしたのである。

二月十七日はレディー・メアリー・ラムリーの誕生日だった。ルーシーとオーラから愛情を込めたキスとお祝いの言葉を受けたメアリーは、喜びを隠しきれずに言った。「今日という日を心待ちにしていたのよ。これで私は気兼ねや束縛から解放されて、やっと自由で独立した人間になったのだわ！」

「それでは」オーラは真面目な顔をして言った。「あと数年は、束縛があるままで過ごした方があなたの身のためよ。その後であなたが大層有り難がっている自由とやらを楽しみなさい。そうでなければ、マシューズ氏ご夫妻とお妹様の有益な束縛《そくばく》より、ずっと耐えがたく、生涯外《はず》すことの出来ない足枷《あしかせ》があることを思い知ることになるでしょうから」

その日の午後一時に必要な書類が準備され、レディー・メアリー・ラムリーは彼女のささやかな財産を所有することになった。手続きが全て終わると、マシューズ夫人はレディー・メアリーに、この夏の間は家族の中に留まるようにとの希望を述べた。メアリーは改まった調子で次のように返事した。「私はこれからどのように身を処すか、まだ決めておりません。私がロンドンにいる間は、皆様とご一緒させて頂きます。その後は急用でもない限り、友達のミス・ブレントンを訪問する予定です」

この出来事から三週間ほど経って、ロンドンに立ち寄ったフランクリン中尉がルーシーとその家族のもとへ挨拶に訪れ、嘆かわしげに報告した。「父の病気のため、私はバース〔＊イングランド南西部の温泉都市〕で冬を過ごさなくてはなりません。それで、ルーシーさんにお会いしたいと願っている人々を紹介する時間がとれません。私としては、ミス・ルーシー・ブレイクニー」と彼は続けた。「外出許可はわずか二週間で、しかもそのほとんどを父の看病と、沈みがちな母を元気づけるために過ごさなければなりません。ですから、もう一度か二度、あなたにお会いできればこの上ない幸せです。しかし六月には、牧師様」マシューズ氏の方を振り向きながら言った。「ハンプシャー州の御自宅を訪ねたいと思っています」

マシューズ氏も、「そこでお会い出来ればまことに嬉しい」と述べた。そして同時に、マシューズ氏は、フランクリン中尉が六月に来訪して、ルーシーへの胸のうちを明らかにした際の対処の仕方を決めておくべきだと考えたのである。

三月の復活祭の前に、マシューズ一家はハンプシャー州サウサンプトン近くの快適な自宅に戻ることになった。ルーシーとオーラは、ロンドンを後にして、初春の花の香りと海からの爽快《そうかい》な風を吸い込みたいと、帰郷を心待ちにした。レディー・メアリー・ラムリーは全く無関心な風であったが、出発の三日前になってメアリーはルーシーに一通の手紙を見せた。それには、ミス・ブレントンがウィンザーの近くに住んでいる叔母のところで復活祭を過ごす予定なので、レディー・メアリーも一緒に来て欲しいと書いてあった。

ウィンザー城

「私、ウィンザーに一度も行ったことがないの、ルーシー。あの有名なお城をぜひ見たいわ。私の可哀想な母がそのお城のことをいつも話していたのよ」

レディー・メアリーが「可哀想な母」と言った時、メアリーは首から顔にかけてさっと紅潮し、言葉は涙でとぎれとぎれになった。ルーシー・ブレイクニーは気付かぬ振りをした。ルーシーは真面目な顔でレディー・メアリーを見つめ、彼女の手を握り、優しく、しかし力を込めて言った。

「でも、今、行ってはなりません、メアリー。私達と一緒にハンプシャー州に帰りましょう。約束するわ、もうすぐのこと、私が成人したら一緒に楽しい旅行をしましょう。マシューズのおじ様、おば様、しっかり者のキャベンディッシュおば様、そして活発なオーラを連れて、冒険を求めて出発するのよ。その旅の途中でウィンザー城を襲撃しましょう。そこで、亡くなられたお母様があなたに話して下さったことを、皆に聞かせて下さい。あなたのお母様はそれは歴史にお詳しい方だったから。特に、王様や王子様、公爵、貴族のことについてね！」

明るくユーモアに満ちた言い方をしながらも、ルーシーはミス・ブレントンとの旅行はメアリーにとって決して良い結果にはならないとひどく危惧《きぐ》していた。

「ルーシー、約束を取り消すことはできないの」メアリーは小さな震える声で言った。「ミス・ブレントンは、今夜、この町に着きます。そして明日、ウィンザーに行く時に、私を迎えに来ることになっているの」

「前もって牧師様たちに相談したほうがよかったのでは……」とさらに言い募《つの》ろうとするルーシーを遮《さえぎ》って、レディー・メアリーは言った。「頑固なマシューズ氏、うるさい奥様、尊大なキャベンディッシュ老嬢の許可など欲しくないわ」

「まあ、何ということを！　レディー・メアリー」ルーシーは厳しい口調で言った。「あなたは、この五年間マシューズ様ご一家が親代わりになって、親身に世話をして下さったことを忘れたの？　生活費はあなたの財産の利子で支払ったとおっしゃるかもしれない。なるほど、金銭的な借りは十分に返されました。でも、あの方々から受けた無形のご恩の借りは返し切れるものではありません。あの方々のおかげで、私達は思いやりの心を養われ、広い知識を得るよう導かれたのではありませんか。説教もお手本も皆、経験の足りない私達に幸せの道を歩ませるためではなくって？」

「ルーシー、私、あの方々のご恩は決して忘れないわ」とメアリーは答えた。「でも、自分のやりたい事や、行きたい所に関して、どなたにも許しを乞うことは致しません。どんなに立派な人たちも、もう私を支配する権利はないのです。私は明日の朝食のテーブルで、自分の決心を家族の皆に話すつもりです。ミス・ブレントンは正午に旅行に出発する予定ですから、その頃私を迎えに来ます。でも、お願いですから、今あなたに話したことは誰にも言わないで下さい」

メアリーが部屋を出て行くと、ルーシーはどうしたものか迷い、しばらく立ちつくした。彼女は心の中で思った。「皆にどんなに反対されても、行くとメアリーが決めている旅行のことを話して、家族に心配させるのはよくないわ。ウィンザー城を訪問するだけでなく、何か他の目論見《もくろみ》があると疑うなんて、私はレディー・メアリーに対して酷すぎるかもしれない」こうして、黙っていることを決意して、ルーシーは家族と一緒に夕食の席についたのである。だが驚いたことに、レディー・メアリーは頭痛がすると言って姿を見せず、自分の部屋に軽い食事をもってくるように召使に命じていた。

翌朝の朝食にもレディー・メアリーは現れなかった。召使にメアリーを呼びにやるよう命じられた従僕が答えた。

「メアリー様は家にはおられません」

「家にいない？」驚いて椅子から立ち上がったマシューズ氏は言った。「かわいそうな迷える子羊よ、羊飼いはあまりにも早く預かった羊を手放したのだ。おまえはもう群れに戻ることはあるまい」

マシューズ夫人は死人のように青ざめ、腰掛けにくずおれた。

「こうなると思っていました！」キャベンディッシュ老嬢が言い放った。そして、居住まいを正して、オーラの震える手から一杯のお茶を受け取った。

「あまりご心配なさらない方が……」ルーシー・ブレイクニーが言葉をはさんだ。

「レディー・メアリーはミス・ブレントンと一緒にウィンザーへ観光に行ったのだと思います。昨日のメアリーの話では、ミス・ブレントンは昨晩この町に到着して、ウィンザーに住む叔母様を訪問する予定だそうです。メアリーは、ミス・ブレントンが正午頃ロンドンを発つので、朝食の時に家族の皆様に自分で旅立ちの挨拶をすると言っていました。たぶん、ミス・ブレントンの出発が早くなったのでしょう。それでメアリーは家族を朝早くから起こして、迷惑をかけまいとして……きっと手紙か伝言を残していると思います」

「レディー・メアリー様は朝の四時に家を出られました」と従僕が言った。「お嬢様は中庭を通って行かれました。物音をたてて他の方々に迷惑をおかけしたくなかったようです。馬車は家の前ではなく、通りの奥のほうで待っていました。召使のベティーがメアリー様の帽子入れを、私がトランクをお持ちしました。馬車に急いで乗り込まれたメアリー様を男の方が待ち受けておられ、その奥には女の方が一人見えました。お仕着せを来た馬丁が馬に乗って、四頭立ての馬車の後ろを守っておりました。ドアを閉めながら、『ウィンザーへ』と、男の方が言うが早いか、馬車は稲妻《いなずま》のように走り去って行きました」

「今すぐベティーを呼びなさい」マシューズ氏が言った。ベティーが現れると、「レディー・メアリーはどこに行ったのかね?」マシューズ氏はたずねた。

「ウィンザーです、友達のミス・ブレントンとご一緒に」ベティーは小生意気《こなまいき》に答えた。

「メアリーは手紙か伝言を残さなかったのかね?」

「ああ、はい、二階に旦那様に宛てた手紙があると思います」

「直ちに取って来なさい」

ベティーが封のしてある手紙をマシューズ氏に手渡して立ち去ろうとした時、「待て」とマシューズ氏は言った。「なぜ、メアリーが人目につかないように家から出る手助けをしたのか？　なぜ堂々と正面の扉を開けて、馬車をそこに止めさせ、手荷物を運ぶために使用人を呼ばなかったのか？」

「それは、お可哀想にお嬢様が泣いていらしたからです。お嬢様は旦那様やそちらにいらっしゃる奥様方が、お嬢様を奴隷にしようとしているとおっしゃっていました。皆様と同じように一人で自由に行動なさりたいのに、お嬢様が出かけるのが知れたら、旦那様に止められるともおっしゃいました」

「ああ、もういい、行きなさい！」マシューズ氏は手を振りながら言った。ベティは生意気《なまいき》にも頭をつんとそらして出て行った。マシューズ氏はメアリーの残した手紙を開いた。それには次のように書いてあった。

牧師様

私が今取ろうとしている行動を非難なさることは分かっております。でも、スティーブン・ヘインズ卿の妻になること以外に、私の幸福の道はないのです。牧師様がこの手紙を読まれる頃には、私達はスコットランドの方へ向かっているでしょう。自分のことを決めるのは自分自身ですから、誰も私を支配する権利はないと申しているのではありません。私は牧師様の諫《いさ》めの言葉を恐れたのです。そして結婚予告書の公示や、財産譲渡、弁護士、証書を伴う結婚許可を受けて、正式に婚礼をあげるという考えにおぞましさを感じています。これらの形式は、愛とはまったく無関係です——

「しかし、それらは分別と切り離せないものだ」と手紙を読むのを暫《しばら》くやめ、動揺した牧師は呟《つぶや》いた。さらに彼は読み続けた。

スティーブン・ヘインズ卿は私が彼の妻になった後、心からの感謝の印として、彼の財産の半分を私に譲渡すると約束してくれました。この寛大な申し出のお礼として、私のささやかな財産を彼に差し上げました。スティーブン卿は爵位を買おうかと言っています。全ての人は生まれながらに平等である、これまで爵位は何らかの方法で売買されてきたのだ、という彼の言葉に私は納得しました。私は身分について以前とは違った考えを持つようになっています。つまり、主君の利益のために戦うことによって爵位を得ようと、前もってお金を払って爵位を得ようと、そんなことは問題ではないのです。

ミス・ブレントンはスコットランドまで私に同行してくれます。短い旅行の後、私はハンプシャー州にミス・ブレントンを訪ねるつもりです。それから引き続き、隣りのウィルトシャー州にあるスティーブン・ヘインズ卿の屋敷を見て、住居の修繕の指示や新しい調度品の注文を出した後、私達は数ヶ月間の大陸旅行に出発します。帰国の暁《あかつき》には、皆様にご挨拶するためハンプシャー州に参ります。また、ご家族のどなたでも、私共の所へお立ち寄り頂ければ幸いに存じます。私の利益と幸福へのお気遣いに感謝しております。しかしながら、幸福の問題に関しましては、牧師様と私は違った考えを持つようになりました。奥様や他のご家族の皆様にもご親切とお気遣いに対し、私からの感謝の念をお伝え下さいませ。

愛と尊敬を込めて

マシューズ氏は手紙を閉じて言った。「賽《さい》は投げられた。哀れなメアリー・ラムリー、おまえは悪の手に陥ちたのだ。スティーブン卿が財産の半分を譲渡するだって！　彼の生き方から判断すると、今頃、あの男は自分の物と呼べる一エーカーの土地も一ギニーの金さえも持っていないであろう。――ミス・ブレントンがこの不幸な娘を毒してきたにちがいない。夢見がちで気持のしっかりしていない娘にとって、見せかけの友情ほど有害なものはないのだ。二人の間では、へつらいが本当の愛情と思われ、互いの自己満足が無償の愛と間違えられている。また、わがままな愚行は、情熱の発露の名のもとに正当化され、虚栄心が満たされた時の高揚感は、変わらぬ気高い愛情と勘違いされているのだ。ミス・ブレントンと浅はかなメアリー・ラムリーの間の友情とは、そのようなものとしか思えない。ミス・ブレントンの悪影響でメアリーは、『愛さえあれば、世界が消えてもかまわない』と考えるようになり、堕落《だらく》とも思える行動へと引きずられて行ったのだ」

「日頃からレディー・メアリーには、独りよがりで思慮が足りないところがありました。幼い頃から夢見がちにお育ちなので、すぐに他人《ひと》の言葉に惑わされ、のぼせ易かったのは確かですわ」オーラ・メルヴィルが言った。「でも、心は純粋だと私は信じています」

「そこに不幸の種があるのだ！」マシューズ氏は嘆息した。「純粋であるだけに、真実が分った時、その心はどう感じるだろうか？　自分は肉欲と放蕩《ほうとう》に結びついてしまった、自分が選んだ伴侶《はんりょ》は娼婦と賭博師《とばくし》の間でうつつを抜かし、賤《いや》しい育ちの卑猥《ひわい》な話をする輩《やから》がいないと夜も日も明けない人物だ、と分った時……」

誰も答えようがなく、朝食は、ほとんど手付かずのまま片付けられた。この不吉な結婚を阻止《そし》する方策は皆無であった。マシューズ氏はロバート・エーンズリー卿の屋敷に行った。そこで、レディー・メアリーの全財産が、メアリー自身の署名入りの為替手形によって、前日エーンズリー卿の管理の下から引き出されているのを知ったのである。その財産は、メアリーの後見をしていた人が、メアリーの養育をマシューズ氏に任せる際に、エーンズリー卿に預けていたものだった。

「何と、全部ですと？　元金だけでなく、成人した時の小遣いにと私が貯金してやっていた数百ポンドの利子もですか？」

「全部です」エーンズリー卿は答えた。「私は今朝まで事情を知らなかったのです。それで、実はあなたをお訪ねしようとしていた矢先に、あなたがお見えになった次第です。そのメアリーの署名入りの為替手形はテレサ・ブレントンを受取人にしていました。ですから、私達には支払いを拒否する権限がありませんでした」

「確かにおっしゃる通りです」マシューズ氏は嘆息した。「しかし——、メアリーは自分を破滅させてしまった！」

この痛恨極まりない事件の二日後、マシューズ氏一家はロンドンからハンプシャー州へと家路についた。無事に帰宅し、もとの部屋にそれぞれ落ち着き、家族は心から喜びをかみしめながら、その住み慣れた住居でいつも通りの暮らしに戻っていった。本を読んだり、仕事をしたり、散歩に出かけたり、庭や温室で植物の世話をしたりした。時々、ルーシーとオーラは、親代わりの牧師に伴われて田舎を馬で回ったりした。

マシューズ牧師は時を置かず、ブレントン夫人を訪ねてみた。しかし、この老婦人は娘の計画について皆目知らず、娘が旅立って以来、ただ一通の手紙を受け取っただけであった。その手紙はウィンザーから投函されていた。だが、ブレントン夫人はレディー・メアリーの結婚や、自分の娘がその事件で果たした積極的な役割については、何も知らないようであった。

ルーシーとオーラは、貧しい隣人たちの住む田舎家めぐりを開始した。ブランドフォード老軍曹も忘れられてはいなかった。ルーシーは時々、六月になれば自分たちの家族を訪れる人のことに思いを馳せたが、時の翼の遅さを嘆いたり、深いため息をついたりして、人に気付かれるほど感傷的になることはなかった、と書き添えておこう。

六月の後半に、ロバート・エーンズリー卿の家族がハンプシャー州の彼らの領地にやってきた。数日後、フランクリン中尉が友人のエドワード・エインズリーを訪ねて来た。

二人の若者が、牧師館の近くにあるエーンズリー卿の別荘に到着してまもなく、マシューズ氏がルーシーに言った。

「ルーシー、正直に私の質問に答えてくれないか？　そして一つ約束をしてくれないかね？」

「牧師様のおたずねには何でも正直にお答えしますわ」ルーシーはにっこりしながら答えた。「牧師様が求められる約束は、私を幸福にするためのものと信じていますから」

「それでは聞いてみるが、フランクリン中尉はあなたに何か告白をしたのかね？　あるいは、普通以上の優しさで、あなたの愛情を得ようとしたことがあるのだろうか？」

「一度もありません、牧師様。フランクリン中尉は、軍人が女性に対して払うべき礼儀正しいお言葉以外は、一言もおっしゃったことはありません」そう言った時、ルーシーの顔はほんのりと赤く染まった。

「しかしルーシー、あなたが言う中尉の礼儀正しさは、時に特別なものだと思ったことはないのかね？」

「それは」――と、ルーシーは少しためらった。「どうか私を自惚《うぬぼ》れていると思わないで下さい。あの方の眼差《まなざ》しから、何かおっしゃりたいことがあるようにお見受けしました」

「よろしい、率直な子だ」牧師は苦笑した。「もし、フランクリン中尉の愛情があなたに向けられているとしたら、嫌ではないだろうね——やれ、やれ、この最後の質問には答えなくてもよろしい。さて、先程の約束のことだが……」

「何でもおっしゃって下さい」

「それは、あなたが二十一歳の誕生日を迎えるまでは、結婚の約束をしてはいけないということだ。私は、あなたのお祖父様《じい》、テンプル氏が今わの際に書かれた手紙を預かっている。その手紙は、あなたが成年に達した時に、あなたに渡されることになっている。あの善良な人が突然天に召された経緯《いきさつ》は知っているね？」

「どうして忘れることができましょうか！」万感胸に迫り、ルーシーは答えた。「祖父が書斎に引き取った時、皆は祖父が少し昼寝をするのだろうと思いました。それが午後の習慣でしたから。そして、祖父はそのまま安楽椅子で亡くなっていたのです。手元には書きかけの手紙があり、指にはまだペンをもったままだったと聞いております」

「その通りだよ、ルーシー。私はその時、お祖父様の家にいたのだ。お祖父様が書斎に退いてまもなく、私は屋敷に到着したのだ。書きかけの手紙はあなたに宛てたものだった。だから、ルーシー、約束してくれ。あなたがその手紙を読んでしまうまでは、婚約は決してしないと」

「はっきりとお約束します。そして、私の意思で、大切な祖父の手紙に書かれていた全ての願いをきちんと守っていくことを誓います」

「しっかりした娘だ」マシューズ氏が言った。「私は満足だよ」

数日後、牧師館を訪れたフランクリン中尉は、お茶でもてなされた後、家族を散歩に誘った。オーラはマシューズ夫人に頼まれて家庭内の用事をしていたので、ルーシーだけがその誘いを受けた。「私は中尉さんをブランドフォード老軍曹の田舎家に案内しようと思います」とルーシーはマシューズ氏に言った。「そして、老軍曹から手柄話や戦いぶりをフランクリン中尉に話してもらいましょう」

晴れ渡った夕刻であった。しかし、日が傾くにつれて、地平に現れた黒雲が照り輝く夕日を受け止めた。黒雲を濃い紫に縁取り、なおも金と紅の光を放射しながら日は落ちてゆく。

「あの雲は夕立の前触《まえぶ》れですわ」と言って、ルーシーは老軍曹の住まいに近づいた時、初めて目を沈みゆく太陽の方に向けた。

「すぐには降って来ないでしょう」フランクリンが言った。

「老軍曹の所にちょっと立ち寄りましょう」ルーシーはそう言って、迫ってくる雲をじっと見つめながら言葉を続けた。「あの雲は気高い人に覆《おお》いかぶさる不運のしるしのように思えます。一時的にはそのひとの美徳を閉じ込め、素晴しい活動をかき消すかに見えますが、その覆《おお》い隠した光から雲は輝きを受けていっそう美しくなるのです」

「それよりむしろ」とフランクリンは言った。「美しい女性の顔に掛けたヴェールのようです。覆《おお》いはしても、何らその顔の美しさを損なうものではありません」

二人がブランドフォード老軍曹の小屋に着かないうちに、雲は急速にひろがり、大粒の雨が落ちてきた。ルーシーが着ていたモスリンの服は一たまりもなくずぶ濡れになってしまった。小屋に飛び込むなり、ルーシーは出かける時に肩に羽織っていた黒いレースのマントを脱ぎ、麦わらの日よけ帽を取った。豊かな髪がルーシーの顔と肩に流れ落ちた。

「おや、あなたでしたか、ミス・ブレイクニー」老軍曹は驚いて立ち上がり、杖で体を支えた。

「はい、ブランドフォードさん。すっかり濡れてしまいました。でも、お天気の変化には慣れていますので、風邪はひきませんわ。ただ雨が降り始めた時、とても急ぎましたので、暑くてたまりません。座らせていただいて、水を一杯下さいませんか？」

「ゆっくり飲むのですよ」フランクリン中尉が声をかけた。

その声に、ブランドフォード老人はハッとして、フランクリンの方を見た。それからルーシーに視線を移してたずねた。「こちらはどなたですか、ルーシーさん？」

「フランクリンと申します。先輩の兵士殿に敬意を表しに来ました」そう言って、フランクリン中尉は老軍曹に手を差出した。老軍曹はまじまじと中尉を見つめて、思わず言った。

「誓ってもいいが、あなたは――いや、私は年老いて少し呆《ぼ》けている、そんなことはありえない――それに、この親愛なるお嬢さんだ。私はこのお嬢さんの顔を以前にどこかで見たことがあるような気がしてならなかった。だが、今の今まで誰に似ているのか思い出せなかった。しかし、今、雨に濡れたこのお嬢さんに生き写しの人に、私は会ったことを思い出した――その人は顔色が悪く、ひどく苦しそうだったが……」そう言って、老軍曹は口をつぐんだ――

「誰と会ったのです？」ルーシーがたずねた。

「悲しい話になりますよ、お嬢さん。おそらく、そんな話は聞きたくないでしょう」

「お伺いしたいわ、あまり長くなければ。雨が小降りになってきましたから、止んでいる間に、私達は家に急いで帰らなければなりません」

ブランドフォード老軍曹は不自由な足を伸ばし、杖の柄《え》の部分に顎《あご》を乗せて、次のように語り始めた――

「ルーシーさん、ご存知のように私は海外で数年間軍務についていました。そして、例の戦いで足をやられました――」

「ええ、そのことは以前伺いましたわ。先ほどの話をどうか続けて下さい」

「ああ、お嬢さん、あれは一七七四年の十月も末の底冷えのする夜でした。その時一兵卒だった私は、大佐の宿舎に指令を受けに行っていました。ドアから外に出ると、雪が降りしきり寒風が吹き荒れる中に、可哀想に一人の女性が震えながら立っていました。顔は死人のように青く、身体には薄い白の長着と、今しがたあなたが脱いだような黒っぽいものを纏《まと》っているだけでした」

ちょうどその時、マシューズ氏の馬車が軍曹の田舎家の前に止まった。風邪をひいてはいけないので、すぐさまこの馬車で帰宅するように、という家人からの伝言であった。ブランドフォード老軍曹は始めたばかりの話の中断を余儀なくされた。

「またいつか話して下さいね、ブランドフォード軍曹。今はもう帰らなくてはなりません」ルーシーは言った。

フランクリン中尉はルーシーの手を取って馬車に乗せ、一礼して笑いながら言った。「兵士は夕立に濡《ぬ》れた位ではびくともしません。私はロバート・エーンズリー卿の家まで歩いて戻ります」

フランクリン中尉の行き届いた男らしい態度はルーシーの胸に深く刻まれた。そして、マシューズ氏は出来の良い若者だと中尉を高く評価した。

この事があって程なく、フランクリン中尉はルーシーに対する自分の気持をはっきりと伝えた。ルーシーは、二十一歳の誕生日を迎えるまでは確答ができないこと、その理由については後見人のマシューズ氏に聞いて欲しいとフランクリン中尉に言った。頼りない孤児だとばかり思っていたルーシーが、本当は豊かな財産を相続する立場にあることを知り、しかも、フランクリンがルーシーの姓、ブレイクニーを名乗らなければこの相続は成立しないことが分かった時、フランクリン中尉はためらいに似た感情を抱いた。彼は既に父の姓を捨て、母方の祖父の姓、フランクリンを名乗っていたのだ。

「率直に申します、マシューズさん」フランクリン中尉は言った。「ミス・ルーシー・ブレイクニーと結婚できなければ、私の幸福はありません。しかし、私はまず父に相談しなければなりません。おそらく父は、私が現在の由緒ある姓を他の姓に変えることに賛成しないと思います。私はルーシーさんの財産が目当てではなくミス・ルーシー・ブレイクニーというかけがえのない本人を愛しています。ルーシーさんに何がなくとも結婚したことでしょう。しかし今、ルーシーさんから立派な経済的自立という前途を奪うことは、私の正義感に照らして釈然としないのです。その経済的自立によって、私のつつましい財産では与えることのできない豊かさと優雅な暮らしを、ルーシーさんは享受できるからです」

「あなたは立派な若者だ」マシューズ氏は言った。「その正義感に従って屈せず努力しなさい。そうすれば、困難は解消して行くでしょう。とにかく自分を責めないことです。この世の中で幸福になることは簡単ではありません。いかなる状況にあろうとも、人間としての真の幸せを見失わないように祈っています」

フランクリン中尉がルーシーに別れを告げた時、ルーシーは片手を差し出した。フランクリンはそれ取り、唇に押し当てた。ルーシーの眼には涙が溢れ、声は震えていた。

「覚えていて下さい。私はどんなお約束もしておりません。そして、私の祖父の手紙がどのような内容のものであろうと、私はその指示に従おうと固く心に決めております。あなたは私に文通の許しを求められましたが、お断りしなければなりません。どうにもできないのです。私がこの運命の手紙を読む時が来ましたら、マシューズ氏からか、それとも私自身から、その結果をあなたにお知らせします。結果がどのようなものであれ、私はいつもあなたの大きな愛情に対して、心からの感謝を捧げます。

そして、たとえ私達の絆《きずな》がこれ以上二人を結び合わさずとも、いつもあなたを友人であり兄弟であると思う心に変わりはありません」

ルーシーはそう言うと、急いで部屋を出て行き、自分の部屋に閉じこもり、抑えきれない感情に身を任せた。フランクリン中尉はロバート・エインズリー卿の別荘に戻った。そして翌朝早く、友人エドワード・エインズリーと共にロンドンに向けて出発したのである。

第8章　暴かれた事実――苦い後悔

そもそも、あの騙《だま》されやすいレディー・メアリーがマシューズ氏への手紙の中でふれていた「楽しい旅行」を提案したのはスティーブン・ヘインズ卿であった。それはメアリーの財産を我が物にするための旅行であった。結婚という面倒なことをせずに、メアリーの財産をまんまと手に入れることができれば、スティーブン卿は喜んでそうしたであろう。婚姻の絆が結ばれ、このロマンチックで思慮の浅い娘が全財産七千ポンドをスティーブン卿に与えてしまうと、スティーブン卿はそれとなくメアリーに、自分で自由に使えるお金を幾らか残しているのかとたずねた。すると、その場に居合わせたミス・ブレントンは、即座にメアリーに代わってこう答えた。「もちろんですわ、スティーブン卿。レディー・メアリーは自分で自由に使うために少しばかりのお金を残していますとも。つまり、あなたが財産贈与の問題をきちんと処理して、レディー・メアリーに最初の四分の一を贈与なさるまでは、あなたにすべてをお渡しするわけにはいきませんから」

スティーブン卿は窓の外を見て、ピーピーと口笛を吹きはじめた。ミス・ブレントンは指を唇にあて、真剣な眼差《まなざ》しでレディー・メアリーを見て、黙っているように合図した。実は、ミス・ブレントンは五百ポンドを手元に残しておくようにレディー・メアリーに言い含めていたのだった。その五百ポンドは、メアリーが未成年の期間に、マシューズ氏が彼女のために蓄《たくわ》えていたものである。

「このような問題はウィルトシャー州に着いてからゆっくり話し合えますわ」新妻メアリーは言った。「その時に、スティーブン卿はご自身で決められた私への財産贈与を寛大に実行して下さるでしょう。それに私、ロンドンに着くまであまりお金は必要ではありません。でも、ロンドンでは新しい衣装タンスが必要ですし、母が残してくれた少しばかりの宝石を、もっと流行に合うように細工してもらわねばなりません――スティーブン卿、あなたには新しい馬車が入用だと思うのですが」レディー・メアリーは夫に向かって言った。「それに使用人のための新しいお仕着せも」

「そんなものがどうして必要なのかね、マダム?」スティーブン卿はたずねた。「マダム」という改まった呼び方で彼がメアリーに話しかけたのはこれが初めてであった。メアリーはスティーブン卿を見て顔を赤らめた。だが、自分がロンドン行きを急いでいると思われたくなかったので、こう言った。

「すぐにロンドンに行こうというのではありません。誕生日までに全ての準備ができさえすればよいのです。誕生日には、私の母方の親戚に来てもらって、あなたをお引き合わせしたいと……」

「それは残念だね」彼はきっぱりと言った。「僕はロンドンなどに行こうとは全く思っていない。ロンドンは恐ろしく金のかかる所だ。あなたのレディーの地位がどうであれ、あなたのわずかな財産ごときでロンドンに住めるという期待は持たないほうがいいよ」

「スティーブン卿、私は自分の財産についてあなたに嘘《うそ》を言ったことはありません」メアリーは答えながら、その唇はわなわなと震え、声は喉に詰《つ》まった。

「しかし、あなたはそこにいるお節介《せっかい》な友人の仕業《しわざ》を知っていたのだろう？　ミス・ブレントンは、あなたが僕に与えたわずかばかりのお金の四倍以上をあなたが持っていると、僕に触れ込んだのだよ」——

「スティーブン卿、私はあなたに私の財産の全てを差し上げました」メアリーは言った。「そして、その千倍以上を持っていたとしても、同じようにしたでしょう」メアリーはハンカチで顔を覆い、激しく嗚咽《おえつ》し始めた。

「おい、ハネムーンが始まったばかりで泣いたりしないでくれ。僕はめそめそ泣かれるのはご免だね。涙は美しい顔を台無しにするし、醜い顔を耐え難いものにする」そう言うと、スティーブン卿は帽子を引っつかみ、ぶらりと外へ出て行った。

レディー・メアリーのように感情に流され易い娘が、その全財産と現世の喜びのすべてを男に捧げた挙句《あげく》、その男の極めて利己的な性格に直面して、どれほど驚き苦悩したかは容易に想像がつくであろう――メアリーはミス・ブレントンの腕の中に倒れ込んで彼女を責めた。

「テレサ・ブレントン、あなたは何故こんなことをしたの？ 私はスティーブン卿を無欲な人だとばかり思っていました。彼は私のお金ではなく、私自身を愛しているものとばかり……何故、どうして、あなたは私が財産家であるかのようにスティーブン卿に――」「メアリー」と、ミス・ブレントンはなだめるように言った。「私を責めないで。だって、私はあなたの財産がどの程度なのか知らなかったのですもの。あなたは女相続人だと評判だったし、あなたの後見人のマシューズさんもその噂《うわさ》を否定しなかったわ。スティーブン卿は父親の遺産を相続したものすごい金持ちだと知って、その人と、気立てがよく美しい親友のあなたが結ばれると思うと嬉しくなったのです。だって、スティーブン卿はあなたの高貴な地位に、財産という贈り物を付け加えることになるのですから。それで、あなたの心がスティーブン卿の虜《とりこ》になったと知った時、私は二人の仲を取り持つことであなたがもっと幸せになると思ったのよ」

「つい、かっとなってご免なさい、テレサ」レディー・メアリーは涙を拭《ふ》きながら言った。「でも、私はどうしたらいいの？　これからどのように振舞ったらいいの？」

この出来事は、レディー・メアリーが妻となってわずか三日目に起きたことを忘れてはならない。スコットランドからの帰路、夫と妻メアリーはノーサンバーランド州の町アニックに立ち寄っていた。そこは歴史上誉れ高い騎士道の物語にまつわる多くの栄光の跡が偲《しの》ばれる地である。メアリー・ラムリーは軽率な道行《みちゆき》の途中でその場所を通った時、ロマンスを求める熱い気持に駆られて、帰路そこに立ち寄り、城や街の門などを見たい、という願いを口に出していたのだ。

そういうわけで、スコットランドから帰りの旅の二日目に、一行は古都アニックの旧式だが世話のゆき届いた快適な旅館に滞在していた。そこはノーサンバーランドの名門パーシー一族が先祖代々所有する景観のよい領地の近くであった。先程のスティーブン卿夫妻の間の口論が起きたのは、彼らがそこに到着して二日目の朝で、「でも、私はどうしたらいいの？　これからどのように振舞ったらいいの？」というメアリーの嘆きの言葉が発せられたのである。

「つとめて感情を抑えるようになさい」ミス・ブレントンは言った。「スティーブン卿がお帰りになったら、落ちついて彼を迎えるの。そして、あなたが取りのけているわずかなお金のことを、絶対に彼に知られては駄目よ。私の見るところ、あなたがスティーブン卿から何がしかを受けとるまでには、かなり時間がかかりそうですから」

テレサ・ブレントンは抜け目のない利己的な娘であった。テレサの母親は、わずかな寡婦給付金を受けている未亡人である。それで、ごくわずかの財産しか持たないテレサは、安楽で豊かな生活をするための方法と手段を虎視眈々《こしたんたん》と狙《ねら》っていた。彼女は衣服を買うお金と小遣い銭以外は、父親から受け継いだわずかな財産に手をつけたくなかったのである。当初、テレサはルーシー・ブレイクニーに媚《こ》び諂《へつら》うことに自分の才能を傾けた。ところがルーシーは大変分別のある女性であり、巧言や変幻自在な態度に惑わされることはなかった。ルーシーはいつも丁重であり、その持ち味である柔和な態度でミス・ブレントンに接した。しかし、ルーシーは、ミス・ブレントンを仲間として愛することも、友人として信頼することもなかった。

レディー・メアリー・ラムリーは物心がついた頃から、媚《こ》び諂《へつら》いの中で生活していた。メアリーは女家庭教師がいつも自分の母親の意思に従順であることに気付いていた。女家庭教師は決して母に逆らわなかった。そして、倦怠や神経のいらいらのため、母が理由もなく不機嫌な場合には、女家庭教師は沈黙に徹するか、母をなだめて再び機嫌よくさせるかのどちらかであった。レディー・メアリーはこれを深い愛情の証《あかし》であると思った。メアリーは自分の女家庭教師を愛した。そして、女家庭教師もメアリーの短所を寛大に扱い、人の良さからくる弱点ということにして、その短所を上手に取り繕ってくれたのである。

ここで次のことを述べておいたほうが良いであろう。つまり、かつては世間にちやほやされ、華やかな社交界での交際に明け暮れ、あらゆる願望が充たされていたが、現在では、健康は衰え、財産も失い、世間に無視されているような女性に対しては親切で慰めとなる行為も、人生にこれから踏み出そうとしている少女に対して同じ事を行えば、愚かさの極みとなることを。

母親の死後、レディー・メアリーはマシューズ氏の規律正しく品行方正な家庭に移り住んだ。その家庭では、いわば落ち着いた活気が節度ある気晴らしや知的向上心と調和を保っていた。ところが、メアリーにとって、それは耐え難い生活の変化であった。そのため、メアリーはテレサ・ブレントンという気の合う仲間に出会って嬉しかった。その結果、二人はロマンチックな女性たちのお気に入りの言葉、「誓いあった友」となったのである。レディー・メアリーは、キャベンディッシュ老嬢の堅苦しさ、マシューズ氏の厳格さ、そしてマシューズ夫人の一途《いちず》な几帳面《きちょうめん》さについて、ミス・ブレントンに愚痴《ぐち》をこぼした。するとミス・ブレントンは次のように答えたものだった。「メアリー、あなたに同情するわ。感じやすいあなたにとって、それはとても辛いことでしょう。でも、辛抱するのよ。この状態が永久に続くわけではないのですから。あなたが女性として独り立ちする日が来れば、あなたは周りに素晴らしい魅力をふりまき、自分自身を幸せにしながら、あなたを知るすべての人に尽くす喜びを味わうことができるのよ。そうなれば、あなたの持ち前の豊かな感受性を思うがままに発揮できるのだから」

メアリー・ラムリーが年四回のうちの一回分の支給金を受け取ると、テレサ・ブレントンはさりげなく下心を隠して、親切そうにメアリーの買い物に同行するのであった。そして、メアリーが美しいものや、高価な品物を買うと、テレサはため息をつきながら、自分には実用品以外買う余裕はないと悲しんでみせた。すると、思慮は足りないが気前の良いメアリーは、テレサには到底買えそうにもない装飾品の類をしばしば自分の財布から買ってやるのだった。

ミス・ブレントンは、スティーブン卿の財産に関して大きな誤解をしていた。スティーブン卿はブライトンからレディー・メアリーを追っかけて来た時、あれこれ画《かく》策《さく》してまんまとブレントン家への紹介状を手に入れた。というのも、スティーブン卿は、多くの甘言を弄《ろう》し、見てくれの良い物を少し贈ることによって、ブレントン家の者がレディー・メアリー獲得の頼もしい助っ人になると踏んだからであった。スティーブン卿の従者付きの馬車と服装は大層優雅であった。また、見るからに金銭に糸目をつけていなかった。それでブレントン母娘《おやこ》はスティーブン卿が大変な財産家だと思い込んでしまったのである。テレサは、メアリーがマシューズ氏の警戒の目をかわして、スティーブン卿と結婚するのを援助しようと考えた。そうすることによって、テレサはロンドンで少なくとも一冬を過ごせる招待状を手に入れ、その間に自分のための住居を確保し、そして、次の社交シーズンには、天使の如き友人であるレディー・メアリー・ヘインズのライバル、あるいはそれに優る女性、テレサ・ブレントンとして、パーティ、舞踏会、大夜会、オペラ、そして劇場、仮面舞踏会に乗り出そうと考えたのである。それゆえ、テレサはレディー・メアリーの財産がどの程度かよく知らないふりをして、欲に目が眩《くら》んだ准男爵スティーブン卿に、レディー・メアリーの財産はおそらく二万ポンド以上はあると触れ込んだのである。

メアリー本人ならば、そのような財産の過大評価を匂わせることなど一蹴《いっしゅう》したことであろう。しかし、メアリーは、人が独力で判断し決定しようとする時に必要な、考える努力というものを我が身に課したことがなかった。メアリーはいつもテレサ・ブレントンのお世辞や意見に盲目的に振り回されていたのである。その結果メアリーは、マシューズ氏の助言を求めその忠告に従うことは、年老いて依怙地《いこじ》なために若く美しい女性の幸せが何であるか判断できない人物の奴隷に成り下がることだ、とテレサにしっかりと教え込まれていたのだった。

しかし、テレサ・ブレントンは、スティーブン卿とメアリーの駆け落ちをそそのかしはしたものの、予想外の事態に慌《あわ》てていた。行き過ぎていたのだ。テレサはメアリーの人の良さが分かっていなかった。レディー・メアリーの指示によって、代理人としてテレサがロバート・エーンズリー卿からメアリーの僅《わず》かな財産の全額を受け取った時、無邪気でお人好しのメアリーは、スティーブン卿が約束した財産譲渡をする前に、自分の全財産を無条件で夫スティーブンに与えることに決めていた。その時でさえメアリーは、スティーブン卿の全財産が抵当に入っていて自由にならないことなど全く知らず、彼が財産譲渡する権限を持っていると愚かにも信じ込んでいたのである。メアリーを止めることが出来ないと分かった時、テレサは手元に五百ポンドほど取り除けておくようメアリーに強く助言した。

昼食が告げられ、二人の女性たちがスティーブン卿と再び顔を合わせた時、レディー・メアリーは努めて微笑もうとした。ミス・ブレントンは陽気に振舞った。そして食事が下げられると、スティーブン卿はその日の午後にアニック城を訪問しようではないかと提案した。当然ながら、花嫁メアリーに笑顔が戻ってきた。馬車が呼ばれて、彼らはパーシー家の堂々たる館、アニック城に向けて出発したのである。

　この提案をした時、パーシー家の幾人かがノーサンバーランドのアニック城に滞在していたので、自分

ノーサンバーランド州　アニック城

たちが城を見物することはできないとスティーブン卿は前もって知っていた。門番の小屋の所で入場許可を求めると、目下主人は来客中であるという返事を受け取った。そこでスティーブン卿はレディー・メアリーのほうを振り向いてこう言った。

「ああ、これはどうしようもない。それでは、こぢんまりしたロマンチックな場所を眺めに、馬車を走らせることにしよう。きっと気に入ると思うよ。今朝外出した時、僕は久しく会っていなかった友人にばったり出会った。そして、アニックの近くの友人の家まで一緒に歩いて行ったのだ。友人はそこに母親と住んでいる。そこから友人の馬に乗って、二人で美しい田園地帯を見物したのだよ。ここには、風流と良識の両方を満たしてくれる多くのものがあるね」

皆が馬車で進んでいる間、スティーブン卿は殊《こと》のほか二人の女性に気を配って、彼女たちを楽しませた。森を抜けて広い場所にやってきた時、彼は一軒の田舎家を指さした。その家は古風な造りで、庭は早春の花々が賑《にぎ》やかに咲き乱れ、周囲の小さな土地には、様々な花木が下葉をのぞかせていた。二人の女性たちは歓声を上げた。

「まあ、何てきれいな所！　田舎家が好きになるのにぴったりの場所ですわ」

スティーブン卿は御者《ぎょしゃ》にその田舎家の入り口まで行くように命じた。

「さあ」と彼は言った。「馬車から降りて、ここでお茶にしよう。今宵《こよい》は月が美しいだろう。お茶を済ませたら、馬車で近辺のドライブを楽しむことにしよう」これを聞いて、ミス・ブレントンは言い返した。「私達がやって来た道はとても寂しく、人気もないし、たまに通る人がいても、あまり感じの良くない人々でしたわ」

「それに」とレディー・メアリーが言った。「この家は、どう見ても人を接待するような家には見えませんが」

「まあ、物は試しだ」スティーブン卿はそう言うと、馬車から飛び降り、二人の女性たちを促《うなが》して、古めかしい玄関の方へ案内した。玄関の屋根にはスイカズラが絡《から》み、野ばらが生い茂ろうとしていた。一人の年配の女性がドアを開け、皆を上品でこざっぱりした客間へと招じ入れた。

「クラフトリー氏はご在宅ですか?」スティーブン卿がたずねた。

「ご主人様はすぐお見えになります」ジャネットというその女性は答えた。「お客様がご主人様よりも早くお着きになったら、お客様を部屋にお通しして、何でもお申し付けに従うようにと承《うけたまわ》っております」

二人の女性たちは驚きのあまり口がきけなかった。「私達の部屋ですって？　では、ここで夜を過ごすということなの？」レディー・メアリーは消え入りそうな声で言った。

「スティーブン卿、奥様は夜着を持ってきておられません」ミス・ブレントンは断固とした声で言った。「それに、こんな狭い所に泊まることなどできませんわ」

「馬鹿なことを言わないでくれ！　テレサ」スティーブン卿は半分冗談めかして言い返した。「話を難しくしないでくれよ。旅館に置いてきたトランクはここに運ばせるように手配してある。あの旅館での待遇が気に入らなかったのだ。すると先程の友人が少しの間この田舎家を使っていいと言ってくれたのだ。この家はレディー・メアリーの好みにぴったりだしね。二人ともたった今、田舎家が好きになるのにぴったりの場所だと言っただろう」

「確かに言いましたわ」レディー・メアリーが少し棘《とげ》のある言い方をした。「でも、好きになろうとする気持ちもないのに、どのようにして田舎家が好きになれますの？」

その時、クラフトリー氏が入ってきた。スティーブン卿はクラフトリー氏の腕を取り、庭先の灌木《かんぼく》の茂みの方へ連れ出した。

「これは一体どういうことでしょう、テレサ？」と青ざめ動揺して、花嫁がたずねた。ミス・ブレントンは肩をすくめるばかりであった。二人は家の中の部屋を見てみることにした。

この田舎家には二つの居間、キッチン、それに四つの寝室があった。家具はこぎれいではあったが、優雅とは言えなかった。

「私、こんな所に居たくないわ」レディー・メアリーは言った。

「でも、どうやってここから出るのです？」ミス・ブレントンは言い返した。「乗ってきた馬車はもう帰ってしまったし、ここは耐えるしかないのよ、メアリー。これはあなたの辛抱を試そうとするスティーブン卿の一寸《ちょっと》したいたずらかもしれません。素知らぬ振りをするのです。あれこれ聞いてはだめよ。明るく振舞っていれば、まだ何とかなるわ。あなたのお母様が高い身分に執着したことをスティーブン卿は知っています。ですから彼はあなたがお母様の一族のプライドを受け継いでいるのではないかと心配なのでしょう」

「ああ、受け継いでいれば！」メアリーは熱を込めて言った。「そうすれば、私、こんな屈辱的な立場にはならなかったはずよ」

「でも、こうなったからには、どうしようもありません」驚くほど平然とテレサは言った。


お茶の時、メアリーは平静にしていたが、明るくは振舞えなかった。ミス・ブレントンはやや無口で、何かを警戒しているような様子であった。クラフトリー氏は夜までこの家に留まり、夕食後、スティーブン卿とピケット〔＊トランプゲームの一種〕を始めた。二人の女性がそれぞれの部屋に戻ると、そこには旅館に残して来たはずのトランクが置いてあった。しかし、中を開けるとすぐに、レディー・メアリーは自分の化粧小箱がないのに気づいた。その中には、メアリーの宝石類と、テレサの財布に預け入れた二十五ギニーを除く、彼女の所持金の全てが入っていたのである。

ミス・ブレントンはその家で働いている者たちを調べた。この家には最初に出て来た料理人兼家政婦の年配の婦人と、メアリーとテレサの世話をしたり部屋の掃除をしたりする粗野な田舎娘と、ナイフを磨《みが》いたり食事時に給仕をする少年と、よぼよぼの老婆がいるだけだった。その老婆は、時々、庭と地所の管理に来ていた。田舎娘は早寝早起きする習慣で、その時間にはもう寝ていた。年配の婦人の方は夕食のテーブルが片付けられた時、自分の仕事は終わったと思っていた。そして、給仕の少年は二人の男性に仕《つか》えるため夜更《よふ》かしをしなければならないと分かって不満をもらした。

このような有様で、レディー・メアリーが寝室に退いても、着替えを手伝い、彼女の化粧小箱についてスティーブン卿にたずねに行ってくれる人は誰もいなかった。そこで、言いようのない危機感を抱いたミス・ブレントンはその部屋に一つしかない燭台を引っ掴《つか》むと、いきなり居間へ急いだ。

「スティーブン卿」ミス・ブレントンはドアを開けるなり言った。「奥様の化粧小箱が届いておりません」

「そうかい」と彼は答えた。「それがどうしたのだね？　一晩くらい化粧小箱なしで過ごせるだろう。君の化粧道具を貸してやってくれ、テレサ。君のは届いていると思うのだが——」

「そうかも知れません。でも、あの貴重な化粧小箱は奥様の母上のもので、奥様がとても大切にしておられるのです。それが見当たらないので、心配なのです。私の化粧道具など探してもいませんし、気にかけてもいません」

「そうかい、その小箱は無事だよ。明日、手配してやるよ。だから、テレサ、もう部屋に戻りなさい。そして、私達に静かにトランプをさせてくれないかね」


「何と愚かな私……奥様に道を踏み誤らせてしまった」ミス・ブレントンは階段を昇りながら心の中で呟《つぶや》いた。しかし、レディー・メアリーが着替えをしている部屋に入った時、ミス・ブレントンは自分の感情を抑え、努めて陽気に言った。

「化粧小箱は明日ここに届くそうです。メアリー、申し訳ないけど、今夜と明日の朝は、私の化粧道具を使って下さい。この田舎家に留まるという突飛《とっぴ》な計画を止めてもらって、ロンドンが駄目なら、ハンプシャー州へ旅立つように、スティーブン卿を説得しましょう。ハンプシャー州なら、スティーブン卿が家を見つけて落ちつくまで、私の母が迎え入れてくれますわ」

どちらにとってもあまり愉快ではない言葉を少し交わした後、ミス・ブレントンは自分の部屋へ引き取った。床には就いたが、彼女たちは夜明け近くまで寝つけなかった。やがて落ちていった眠りは深く、二人は朝の九時頃まで目覚めることはなかった。

レディー・メアリーは目覚めるとあたりを見て、スティーブン卿が一晩中ベッドに来なかったことにすぐ気が付いた。惨めな胸騒《むなさわ》ぎを感じ、はっとして飛び起きた。呼び鈴が見つからず、メアリーは部屋のドアを開けて大声でテレサを呼んだ。化粧着だけをまとったテレサがすぐにメアリーの部屋に駆け込んできた。

「スティーブン卿は一晩中私の部屋に来なかったのよ、テレサ。一体、どういうことなのでしょう？」メアリーはひどく興奮して言った。ミス・ブレントンが答える前に、中の様子を窺《うかが》っていた家政婦のジャネットは二人の話し声を聞いて室内に入り、朝食の用意が一時間以上前にできていると告げた。

「あなたの雇い主はどこですか、ジャネット？」ミス・ブレントンはできるだけ平静にたずねた。

「雇い主？　クラフトリーさんのことですね。あの方は今朝五時前にスティーブン卿と一緒に出て行かれました。朝食には戻らないとおっしゃっていました。ところで、旦那様方が昨晩トランプをしていた居間を掃除していたドーラがこの紙切れを見つけました。でも、何が書いてあるのか分かりません。私達二人とも続け字が読めないものですから」
ジャネットがしゃべり終えるのを待ちきれず、テレサは彼女の手からその紙切れを引ったくり、もどかしそうに封を切ってそれを読んだ。それには次のように書いてあった。

親愛なるミス・テレサ・ブレントンへ

テレサさん、あなたは昨日のレディー・メアリーと私の言い争いを聞いていましたね。ですから、スコットランドへの旅行の前に話していた財産譲渡を実行する力が私には全くないと聞いても、あなたは今さら驚きはしないでしょう。あの親愛なる寛大な女性に、彼女に値しない卑しい下僕の私に与えられたあらゆる好意や親切に対して、私が感謝していることを伝えて下さい。私の財政状況は非常に悪化しており、約束していたようにウィルトシャー州へ旅行することも、フランスへ彼女を同伴することも出来ません。私はフランスの田舎に引きこもるためにできるだけ早く旅立ちます。さて、イングランドにおける私の諸問題については、私にいささか経済的余裕ができるように手筈《てはず》が整えられています。友人のリチャード・クラフトリー氏は、あなたとあなたの麗しいお友達がこの家に好きなだけ滞在してよいと言っています。ミス・ブレントン、クラフトリー氏は有能且つ穏やかな人物であり、広くはありませんが、手入れの行き届いた、抵当などに一切入っていない地所を持っています。この地所は、氏の母親の遺産が入れば、買い増される予定です。クラフトリー氏は今日の午後あなた方を訪問します。あなたに彼を伴侶として一考するように勧めます。あなたとあなたの美しい朋友レディー・メアリーの幸せを心から願っています。

親愛なるテレサ様

感謝を込めて
スティーブン・ヘインズ

「その手紙を見せて、早く見せて、テレサ」とレディー・メアリーは叫びながら、その手紙をテレサからひったくった。取り乱しながらすばやくその内容に目を走らせ、メアリーは呻《うめ》いた。

「友達ですって！　朋友ですって！　――そう、思い当たるわ。私はどんな証明書も持っていません。スティーブン卿は私に家名も与えてはいないのです。私は騙《だま》された！　騙《だま》されてしまった！　――ああ、牧師様！　ああ、ルーシー！」

手紙を手から落とし、メアリーは額の上でしっかりと両手を組み合わせた。そして、人情味豊かなジャネットがあわててメアリーを支えようと飛び出す前に、レディー・メアリーは気絶してばったりと床に倒れたのだった。

第9章　手紙――誕生日

十月もほぼ終わろうとしていた。ルーシー・ブレイクニーは不安な精神状態から一日も早く解放されたいと願っていた。慎み深く自制心の強いルーシーにとっても、その不安は抑え難いものであった。フランクリン中尉の安否については、エーンズリー卿の家族から時々聞いていた。フランクリン中尉の父親はいまだに病弱で、時には精神錯乱の状態にあるということであった。ルーシーの心は憂愁に閉ざされ、もはやブランドフォード軍曹の小屋を訪問することに喜びを見出すことさえできなかった。

「うまく説明できないのだけど、オーラ」ルーシーはある日ミス・メルヴィルに言った。「私は、あのブランドフォード老軍曹が身の上話を始めた時の様子が、とても気になったの。でも、なぜか、その話の続きを聞かせてほしいと頼む勇気が出ないの――なんとも言えない胸騒ぎがして。フランクリンさんと一緒でなければ、あの話の続きを聞く気持になれないのよ」

「まあ、悲しいこと！」オーラが笑いながら言った。「このなんとも言えないものって、何と悲しいものなのでしょう。その存在を認めることも出来ないし、どう説明していいかも分からないなんて」

「まあ、オーラ、笑ったりしないで！　私はこれからも信念に基づいて行動するつもりよ。私の人生に訪れる楽しみやささやかな喜びはすべて受け入れようと思っています。たとえ、私の人生の道のりで、小さな棘《とげ》に足を刺されることがあっても……」

「足？　それとも心臓かしら、ルーシー？」

「あら、オーラ、私は棘《とげ》に心臓を刺されないようにできるだけ努力するわ」


「覚えているかね、ルーシー。来週の木曜日は何の日かね？」ある朝、マシューズ氏は家族が一緒に朝食の席に着いている時にたずねた。

「私の誕生日ですわ、牧師様」

「その通り！　私のかわいい娘よ」マシューズ氏は言った。マシューズ氏は、自分が大変愛しいと思う者はすべて、かわいいと形容していた。

「ところで」彼は続けた。「その日を祝うためのよい企画はあるのかね？　サウサンプトン近郊の若者や娘たちは皆、ミス・ルーシー・ブレイクニーが成人に達する日に、素晴らしい行事を期待しているはずだからね」

「私、素晴らしい行事を考えています」

「本当かい？」

「本当です！」——

「それでは、ミス・ブレイクニー、あなたは私の義兄と姉にあなたの計画を伝えてはいなかったのですね？」キャベンディッシュ老嬢は非難がましく言った。「前もって、耳に入れてくれていれば、ゆっくりと準備ができたのに。今からだと大忙しですよ」

「それが、叔母様」オーラが口を挟《はさ》んだ。「ルーシーと私はこの特別な日のお祝いのために、この二ヶ月大わらわで準備をしました。実は、招待状はもう発送しているのです。どうぞご安心ください。皆さんが招待を受けて下さいました」

「たいした趣向だね」キャベンディッシュ老嬢はもったいぶって言った。

「もう少し早く教えてくれればよかったのに」穏やかにマシューズ夫人が言った。

「まあ、どんなことをするのか見てみましょう。で、一体何を計画しているの？　舞踏会かしら？　それとも晩餐会《ばんさんかい》？　それとも洒落《しゃれ》た形式の朝食会とか？」

「そのどれでもありませんわ、奥様。私、本当はあまり歌ったり踊ったりなさらない方々に、歌ったり踊ったりして欲しいのですけど――」

それを聞くと、キャベンディッシュ老嬢は嗅ぎタバコを少し多めにつまんで吸い込んだ。そして、上品な色柄の絹のハンカチで鼻の下からタバコの粉を拭《ぬぐ》うと、そのハンカチを優雅な嗅ぎタバコケースと一緒に、いつも傍《かたわ》らに置いてある金銀線細工の施されたかごの中に収めた。それから薄手の白い紗《しゃ》のハンカチを膝の上に広げ、おもむろに口を開こうとした。その時、マシューズ氏が言った。「妹よ、この娘たちはただ私達をからかっているだけだよ。ルーシーはパーティーを開くつもりなどないのだよ。ちょうど、私が月に行くつもりなどないようにね」

「それはどうでしょうか、牧師様？」おどけた調子で牧師の腕に自分の手を置きながら、ルーシーが言った。「私、実は来週の木曜日に、ここで食事をしていただこうと四十人の方々を招待しました。ですから、牧師館のホールを使用させて頂きたいのです。そして、マシューズ夫人から、お客様用に簡単なテーブルクロスを掛けるよう、使用人のジョンに命じて頂き、料理人と家政婦に水曜日は丸一日、私の指示で働いてくれるよう申しつけて頂きたいのです」

「それでは娘たち」マシューズ夫人は言った。「今回はあなたたちの思い通りにやってごらんなさい。ルーシー、あなたの希望通りにしてあげますよ」

「ところで、ルーシー」マシューズ氏が言った。「すこし内輪の話に入ろうじゃないか。立派な計画を実行するために、あなたは少し現金がいるのではないのかね？」

「少しも要りませんわ、牧師様、木曜日の朝までは。でも、木曜日には百ポンドほど必要です。ギニー金貨、半ギニー金貨、クラウン銀貨、半クラウン銀貨でお願いします」

「何と浪費家で、ずうずうしいお嬢さんだ！」温顔を喜びで輝かせながら、マシューズ牧師は言った。「では、その日の計画の詳しい話を聞こうじゃないか」

「ああ、それはとても簡単なのです。ところで話は変わりますが、牧師様、その日に私は一通の手紙を読むことになっています。その内容によって、これからの私の運命が決まると思うのですが――」ルーシーは厳粛な面持《おもも》ちで言った。そして、微《かす》かな震えが彼女の聡明な顔を横切った。

「出来ましたら、その手紙の件は行事が終わってしまう夜まで、おっしゃらずにいて下さい。その日のために計画したお祭りを無心に楽しみたいのです。それでは、これから」とルーシーは前より浮き浮きした態度で言った。「私の計画を発表します。その日、木曜日の正午頃から招待客が集まることになっています。お客様は牧師様の教区の高齢者と、貧しいながらも清い生活を送っている人々です。その人たちの子供たちや曾孫《ひまご》たちも一緒です。オーラと私は広い応接室で皆さんを迎えます。そして牧師様は私のお渡しする百ポ

1840年頃のサウサンプトン（銅版画）

ンドを、ご自分の判断で分配なさって下さい。牧師様が皆さんの実情やお金の必要度を一番良くご存知でいらっしゃいますから。私は牧師様からたっぷり頂いていたお小遣いを、この日のために少し取り除けておきました。それを使って、オーラと一緒に、老齢の人、病弱な人、幼い人、困窮している人たちのために服を用意しました。そして、他の人たちには適当な贈り物を準備しています」

「おや、そういうことだったのかい」マシューズ氏は嬉しそうに言った。「さてはその秘密のせいで、このところサウサンプトンを度々訪れたり、早朝に働き者の娘たちだけが化粧室に集まっては長い会議を開いたりしていたのだね」

「その通りです、牧師様。私達はこの思い付きに喜びを感じました。でも、それを自分たちだけで独占してはならないと思いましたの。それで、オーラと私が布を裁断した後、あの娘さんたちに服を縫ってもらったのです。私達の計画はどんどんはかどりますし、あの娘さんたちは恩を受けたと感じることなく収入が得られるのです。恩を受けたという思いは、若く行動的な人たちが一番嫌がることですから。娘さんたちは縫っている服がどのように使われるのか一切知りません。でも、全員ではないにしても幾人かは、当日のお祭りに参加するでしょう」

キャベンディッシュ老嬢は説明の間中じっとミス・ブレイクニーの顔を見つめて座っていた。老嬢は何回も白いハンカチを開いたり畳んだりしていた。そして、しきりに目を瞬《しばた》き、咳払《せきばら》いをし、先程のハンカチを鼻にあてがった。そしてついにテーブル越しに手を差し伸ばし、声を詰まらせて言った。「あなたは何と素晴らしい娘だろう。私は今まで本当にあなたのことが分かっていなかったようだね。許しておくれ。先ほど私は心が狭く、失礼だったと思っているよ」

「キャベンディッシュおば様がいつも物分りのよい、開かれた心をお持ちのことは、よく存じております」ルーシーは老嬢が差し伸べた手を優しく取りながら言った。「おば様が心狭く、失礼な方だなど思ったこともありません」「まあ、そうかい」キャベンディッシュ老嬢は納得して頷《うなず》きながら言った。「これからは、おまえをもっとよく理解したいと思うよ」

翌週の水曜日には上等のサーロインが焼かれ、ハムがボイルされ、パイが焼き上げられた。そして木曜日の朝にこれから始まるもてなしのためにプラム・プディングが蒸し上がった。正午を待たず客が集まり始めた。若者たちは喜びに溢れ、老人たちはこれから一体何が起こるのかと胸を躍《おど》らせ、全員が嬉しそうに心を浮き立たせていた。アリス・ロンズデール老婦人とその連れ合いが最初にやってきた。この二人は、ルーシーがこの目的のために雇った近所の人の二輪馬車に乗ってやってきた。また、今は手足が自由に使えるように回復したトーマスも、夫人や子供たちと共に招待されていた。レディー・メアリーのロマンチックな同情心を大層かきたてたあの貧しい家族は、牧師館の食堂を満たし大広間のベンチに溢れていた幸福な一団の中でも、一際《ひときわ》浮き浮きしていた。ルーシーの招待客四十人は、子供や孫、あるいは曾孫まで加わり、六十人ぐらいに増えていた。ケーキの皿が皆に回された。男性にはチーズとエール〔＊ビールの一種〕が添えてあり、女性にはサングリア〔＊ワインの一種〕が添えてあった。それから、マシューズ氏は全ての招待客の必要度に応じて、ルーシーから預かった百ポンドを適切に分配したのである。こうしてその日、多くの人々は来るべき冬を快適に乗り切る資金を与えられた。そのような援助がなかったら、これらの人々は薪や衣食にも事欠く有様だったのである。

午後二時半になると、あちこちに並べられたテーブルでは、年配の客たちの間にマシューズ夫妻が着席し、若い人々の間にルーシーとオーラが座って主人役をつとめた。一方、キャベンディッシュ老嬢は人々の間を歩き回り、招待客の幸せそうな顔を見て、長年感じたことのない高揚《こうよう》感を覚え、嗅《か》ぎタバコを一服深く吸い込んだ。

会食の後、ルーシーとオーラは隣り合わせになっている彼女たちの部屋に、年配の女性たちを集め、それぞれの年齢、境遇、家族に相応《ふさわ》しい衣服を贈った。子供たちは庭ではしゃぎまわり、老人たちは三々五々、広間の暖炉の前で談笑していた。そこでは昔ながらの大きな暖かい火が陽気にはぜていた。夕刻六時には、バター付きパンとコーヒー、お茶、そしてケーキのもてなしがあった。そして日もとっぷり暮れた午後八時前、全員は明るい満月の下、帰路についたのである。

招待客全員が立ち去った後、ルーシーの思いはというと、キリスト教徒が満たされる静かな感慨の中にあった。ルーシーは多くの人々の心を元気付け、明るくし、彼女自身も丸一日まことの至福を味わっていた。やがて、ルーシーは、後見人のマシューズ氏から一通の手紙を受け取り、部屋に戻りながら心の中でこう呟《つぶや》いた。

「これから私が飲み干すべき杯が、どんなに苦いものであっても、決して不平は言うまい。私は感謝し尽くせないほど多くの恵みを受けている。美しく香り立つバラの花々の中を、その棘《とげ》に触れずに歩くことなどできはしないのだから」――ルーシーはドアのところでオーラに「おやすみ」を告げて、部屋の中に入って行った。ドアを閉めると、手紙を手に持ったまま椅子に座った。その手紙には封がしてなかったが、それを開く勇気がなかった。しかし、とうとう気持を引き立てて、ルーシーは手紙を開いて読んだ。

ミス・ルーシー・T・ブレイクニーへ

［二十一歳になった時に本人に渡されるべきこと］

愛しいルーシーよ、私がおまえの不幸せなお母さんの最期を看取《みと》ったその時から、おまえは私と妻の喜びであり慰めであった。そして、おまえの気立ての良さを見て、私達は三十五年間住んできたこの家と財産をこの先おまえが相続してくれることを願っている。愛しい孫娘よ、おまえは人様に慰めを施して幸せとなり、感謝する人々から返ってくる喜びを受けて、もっと幸せになるのだよ。

おまえには私の友人ブレイクニー船長の遺贈により、自立できるだけの財産がある。しかし、言っておくが、その遺産の元本であれ利子であれ、一銭たりとも、おまえが未成年のうちは使わないで欲しいのだ。私から譲り受ける地所等から生じる収入によって、おまえは淑女にふさわしい衣服、食事、教育を十分に受けることができるであろう。おまえは法律によってブレイクニーの姓と紋章を受け継ぐ資格を与えられているが、おまえの名付け親ブレイクニー氏の遺言書には、おまえの亡き祖母と私が共に気にかかる一文が付け加えられている。その一文とは、おまえの将来の夫はブレイクニーの姓を名乗らなければならない、さもないと遺産の元本はすべて没収され、利子のみが相続の対象となるというものだ。

ルーシーよ、妻は嘆き悲しんで、今わの際に私にこう言った。「あなた、どうぞ愛しいこの娘が成人するまで生きていて下さい。そして、この娘が愛し、娘を幸福にする男性が現われた時、その男性自身、あるいは彼の身内の者が姓の変更に反対するからといって、娘がその男性を断らなければならないと感じ、本当の気持に足枷《あしかせ》をはめることのないように、この娘に助言して下さい。私自身は家族の名前に愛着を持っていますので、今、思えば私はルーシーがブレイクニーの姓を受け継ぐことに賛成すべきではなかったのです。たとえ、女性の姓が結婚すれば変わるものだとしてもです。ルーシーが自分の出生について知っておかねばならない事実を理解し、受け止めることができる年齢に達する前にあなたがこの世を去る場合の備えもしておいて下さい。ルーシーの後見人になる人にはっきりと事情を説明して、あの娘にも本人宛ての手紙を残しておいて下さいませ」

このように言うと、私の喜びを高め、悲しみを癒《いや》してくれた生涯の伴侶、私が愛した唯一人《ただひとり》の女性は、この仮の世から至福の天に向かって旅立ったのだ。ルーシーよ、その時以来、私にはこの世は空虚なものになった。おまえの活発な愛らしさも、愛情に満ちた思いやりも、私をこの世の楽しみへと連れ戻すことはなかった。私は妻に頼まれたこの仕事を実行しようと、何度か気を引き立ててては、先延ばしにしている自分を責めてきた。だが、さすがに心身の衰えの兆候から、私も霊の世界に向けて、今は亡き妻の後を追うのは間近だと思っている。

近いうちに、私はおまえの後見人になってもらうマシューズ氏に会って、おまえの母親にかかわる悲しい出来事を打ち明けることにする。その出来事は私の心の奥深くに沈み込み、寿命を縮めてきたのだ。愛しいルーシーよ、私のこの世の宝よ、おまえの人生の重大時には、必ずマシューズ氏に相談するのだよ。そして、全てにおいて氏の判断に従うのだ。

婚姻に際して、おまえの名付け親の遺言書の件《くだん》の一文に何ら拘《こだわ》る必要はない。おまえ自身の世襲財産《せしゅうざいさん》は一年につき四百ポンドになる。この半分はおまえのものとしなさい。私の友人ブレイクニーの遺産が生む利子の蓄積は十一年のうちには相当なものとなるであろう。これはおまえのものであり、おまえが望むように配分し処理するがよい。私は世襲財産の半分が結婚の日に先立っておまえに譲渡されることを要求する。そして、おまえが一生生活に困らぬよう、ここに保証する。その他のことに関しては、慈悲深い神におまかせしよう。神はその御心《みこころ》に頼る者たちを決して見捨てられはしない。

愛しいわが孫よ、私が何よりも心配していることが一つある。このことについて、私はおまえに厳命しておきたい。それは、次の名前を持つ男性と、おまえは絶対に結婚してはならないということだ。その名はn――

ここで、死の一撃がペンを持つ手を襲《おそ》ったのである。そして、この善良な老紳士は、前に述べたように、安楽椅子の中で死んでいるのが発見された。

「どう考えたらいいのか？　どう行動したらよいのか？」ルーシーは呆然《ぼうぜん》として、テーブルに広げた手紙を見つめたままであった。「この問題については、親代わりのマシューズ様の考えを聞くことにしよう。さしむき、今は神の導きと守護を祈り求めよう。父なる神はその子供にとって何が一番良いかをよくご存知だから。そして、この問題を時の経過に委ねよう」そのように心に決めて、ルーシーは手紙をたたみ、夜のお祈りをし、床に就いたのである。

その頃、フランクリン中尉はロンドンにいた。まだ健康がすぐれなかった彼の父親は、家族と共に、ポートランド・プレイスにある自宅に落ち着いていた。フランクリンはルーシーの誕生日を指折り数えて待っていた。その後も、時の翼は鉛をつけたかのように、一時間は百時間に、一日は百日のように彼には思えた。そうしたフランクリン中尉のもとに、やがてマシューズ氏からの手紙が届いた。

ジョン・フランクリン中尉　殿

私は今、甚《はなは》だ楽しからぬ使命を果たすために机についています。私達が敬愛する美しい友ミス・ルーシー・ブレイクニーのたっての願いで、彼女の祖父の手紙の写しをここに同封します。手紙の原本は、私の手元に置いておくのが望ましいと考えます。

お分かりのことと存じますが、ミス・ルーシー・ブレイクニーの祖父、老テンプル氏は、結婚によってルーシーの財産が減少しようとも、ルーシーが望む人物と結婚することを願っておられます。ミス・ブレイクニーの出生に関しまして何やら不幸な事情があったことは確かです。もっとも、これらの事情がどのようなものであったかを、私は確かめることはできませんでした。と申しますのも、私の敬愛する友、老テンプル氏は幾度も私にそのことを告白したいと言いながら、その都度先延ばしにするうち、不幸にも寿命が尽きてしまわれたのです。

ミス・ブレイクニーが嫁いではいけないと老テンプル氏が主張するある特定の家族名があるのにお気付きのことと思います。しかし、書きかけで終わったその頭文字は、その名前について明確な結論に導いてはくれません。何故ならそれがNかMか、あるいはAか、私には判別できないからです。テンプル氏はルイスという名前の家族に特別な嫌悪感を抱いておりました。その子孫にマートンとノーサラトンという分家があります。また、アリスターという名前の人物もいて、訴訟を起こしてテンプル氏に多大の迷惑をかけました。しかし、どう考えても、私の友人、老テンプル氏は自らの偏見を次の世代へと持ち越すような狭量なキリスト教徒ではありません。その間の事情はどうであれ、書きかけの頭文字の中に、Fのように見えるものは何もありません。ミス・ブレイクニーは元気に毎日を送っており、奇抜な発想によって素晴らしい誕生日を過ごしました。招待客の中で主人役をつとめるルーシーの姿をあなたに見て欲しかったです。しかし、まもなく牧師館であなたにお目にかかることになると思います。牧師館では、あなたは全ての人々の口から、そう、私の義妹のキャベンディッシュからさえも、ミス・ブレイクニーへの賛辞を聞くことになるでしょう。

尊敬を込めて
アルフレッド・マシューズ

この手紙を送ったその晩、マシューズ氏は家族が集まっている居間に入って来た。居間では、ある者は仕事を、ある者は読書をしていた。オーラ・メルヴィルはギターを爪弾《つまび》いていた。マシューズ氏はチョッキのポケットからモロッコ革の小箱を取り出し、仕事机の側《そば》に座った。仕事机ではルーシーが精根こめて針仕事をしていた。しかしその針仕事には、仕上がったらどうするというはっきりした目標はないようであった。マシューズ氏はその小箱を開けた。その中には、立派な鎖のついた金細工の枠にはめられた一人の女性の細密画があった。ルーシーの首にそのペンダントをかけてやりながら、マシューズ氏は言った。

「ルーシーよ、これはあなたの誕生日のお祝にするつもりだった。しかし、あなたはあの日あまりに幸せだったから、一度に満ち足りてしまってはいけないと思って控えたのだよ。喜びは小出しにするのが賢明だ。有り余るほど与えられると、喜びの感覚は麻痺《まひ》してしまうからね」

ルーシーがその細密画を手に取って見ると、それは十六歳足らずの愛らしい女性の絵姿であった。その裏には編まれた褐色の髪の毛の房が納められ、その上に小粒の真珠でC・Tという頭文字が描かれていた。

「この美しい方《かた》はどなたですか？」ルーシーはたずねた。

「ルーシーよ、鏡のところに来てごらん。その人は誰に似ているかね？」そう言って、マシューズ氏はルーシーを鏡のところへ連れて行き、その顔近くに燭台をかざした。ルーシーは鏡に映る自分の顔を見てためらった。

「ただ」やっと、ルーシーが言った。「ただ、この絵の方のほうが、ずっとお綺麗《きれい》です。それに青い眼をしていらっしゃいます」

「あなたに似ているだろう」マシューズ氏が言った。そして、ルーシーをソファーのところへ連れて行った。ソファーではオーラがギターを片付けて、ルーシーを待ち受けていた。

「ルーシー、これはあなたのお母さんの肖像画なのだ！　老テンプル氏の話だと、あなたが誕生する約三年前に描かれ、あなたのお祖母様はそれをいつも身に着けておられたということだ。だが、私の知らないある悲痛な事件が起きてから、お祖母様はそれを外《はず》してしまわれたそうだ」

マシューズ氏の言葉を聞きながら、ルーシーはその美しく清らかな乙女の肖像にキスをし、胸に押し抱いた。溢れ出る涙を拭《ぬぐ》おうともせず、肖像画を胸に、オーラの肩にもたれかかるように顔を伏せた。しばらくの間、ただ沈黙だけが部屋を支配した。

「さあ、我が友フランクリン中尉がついにやって来た！」数日後の朝、マシューズ牧師が言った。そして、朝食用の部屋の暖炉のまわりで手仕事をしている家族のところに中尉を招き入れた。

フランクリン中尉は一礼すると、ややおぼつかない表情ながら嬉しそうにルーシーの傍《かたわ》らの椅子に座った。ルーシーは微笑み、顔を赤らめて、針仕事の糸を切り、針から糸を抜くそばから、また針に糸を通した。ルーシーは上《うわ》の空《そら》で懸命に仕事を続けていた。そして、いつロンドンを出発なさいましたの？　お父様のご容態はいかがでいらっしゃいますか？　最近、いつエドワード・エーンズリーさんにお会いになりましたの？　などとルーシーがたずねているうちに、二人に気付かれぬよう、一人、また一人と、家族のものはそっと部屋を立ち去ったのである。

物語の中で繰り返される場面で、ラブシーンほどお定まりで無益なものはない。そこで次のことだけを述べておこう。二人きりになって一時間も経たぬうちに、ルーシーはブレイクニーの遺産の元本を放棄することを決意していた。フランクリンはルーシーが祖父から受け継いだ財産の半分を彼女自身の所有とし、彼の判断に従って処分できる財産として、ブレイクニーの遺産二万ポンドに対する十一年間の累積利子《るいせきりし》だけを受け取ることで満足したのである。

〔＊小説の舞台、十八世紀末のイギリスにおいては、女性には参政権も財産処分権もなく、結婚すると妻の財産は夫に委譲されるのが常であった〕

友情、愛、そして調和が、今や牧師館に満ちていた。ミス・ブレイクニーの婚礼に向けての準備が目立たぬうちにも着々と進んで行った。家族の女性たちは皆、その支度《したく》に一役買っていた。キャベンディッシュ老嬢でさえ新しく購入する品物について助言をした。その際ルーシーが雇った若い人々に、昔はこれこれのドレスはどのように作られ、装飾を施されたかを話しながら、その厳しいながらも端整《たんせい》な容貌《ようぼう》は和らぎ微笑んでいたのである。

結婚の準備に際して、ミス・ブレイクニーならではの方針の一つは、牧師館の近くに住む働き者の娘たちに出来る限り支度《したく》に伴う仕事を頼み、ロンドンからの取り寄せはしないということであった。ある朝、マシューズ夫人とキャベンディッシュ老嬢が、上に羽織《はお》る婚礼衣装はロンドンで誂《あつら》えた方がもっと洗練され流行にかなったドレスになるのでは、と主張した時、ルーシーは次のように答えた。

「でも、私に与えられている容姿は、そのような服を着ても美しさが増すとは思えないのです。それに、流行の服を着て美しく見えても嬉しくはありません。私は今手伝って下さっている娘さんたちの境遇をよく知っています。彼女たちは年老いた両親を養い、幼い弟妹にも教育を受けさせパンを稼げるようにしてやらなければなりません。ミス・メルヴィルとこの家の女衆の助けを借りれば、仕事の三分の二以上は、余分の費用をかけずに身内で賄えることは分かっています。でも、私がこのような問題に関心を持つようになってからずっと考えてきたのは、衣服を誂《あつら》える経済力のある者が、それを家庭内で手作りすれば、働かなければならない勤勉な人々から仕事の手間賃を奪ってしまうということです。それに、これも変わった考えだと思われるかもしれませんが、私は一流の洋裁師に服を仕立ててもらいたいとは思いません。何故かと申しますと、私自身、好みもありますし、凝《こ》った装飾や流行に走るのも好きではないからです。私にふさわしい、さっぱりした服を作ってもらえるように注文の出来る洋裁師さんがいいのです。ロンドンに行くことになれば、社交界に出るに際して、家名を傷つけないようにフランクリン中尉の伴侶にふさわしい晴れ着を購入します。それまで時間はまだ十分にあると思います」

一ヶ月が瞬く間に過ぎ去った。そしてある肌寒く陰鬱《いんうつ》な十一月の一日が終わり、牧師館で家族と共に食事をした後、フランクリン中尉はマシューズ氏とチェスをしようとしていた。その時、召使が中尉に一通の手紙を届けに来た。この手紙は、ロバート・エーンズリー卿の馬丁が軽食と馬の交換以外は休まずロンドンから早馬を飛ばして運んで来たものだ、と召使は伝えた。

フランクリン中尉が一座に許しを乞うて急いで封を切り手紙を読み始めた時、ルーシーは彼の顔をじっと見つめていた。中尉の顔から血の気が失せ、唇が震えた。片手を額に当て、中尉はかすかな声でつぶやいた。

「哀れな父よ！　母よ！」

「お具合が悪いのですか？　お二人に何かあったのですか？」中尉に劣らず青ざめ、動揺してルーシーがたずねた。

「父の容態が急変したようです」と中尉は答えた。「しかし、詳しいことは分かりません。エドワード・エーンズリーからのこの手紙は、短く支離滅裂で、ただちにロンドンに帰って来るように言っています。エドワードはロンドンの郊外数マイルのところで私を待ち受け、手紙に書けなかったことを伝えるそうです。私はこれからすぐに馬でサウサンプトンへ向かい、そこから父の家に馬車を飛ばして駆けつけます」

「私達に連絡をくれますね？」マシューズ氏が言った。

「状況が許すかぎり早くに」フランクリン中尉は答えた。

「どんなに辛い時でも、あなたを気遣っている友人たちがここにいるのを忘れないで下さい」マシューズ夫人が慰めるように優しく言った。

ミス・ブレイクニーの青白い唇が震えたが、声は出なかった。ルーシーはフランクリン中尉に冷たくなった手を差し出した。中尉は愛情を込めてその手を握り、恭《うやうや》しくキスをして言った。「神のご加護がありますように！」そして、急いで部屋から出て行った。

たちまちフランクリン中尉を乗せた馬が道を疾走して去って行く音が聞こえた。ルーシーと彼女を気遣う友人たちの心は言い知れぬ不安で一杯であった。

第10章　悪巧み――結婚――転落

レディー・メアリー・ラムリーが友人たちの集う安住の地、牧師館を去り、スティーブン・ヘインズ卿という放蕩者に運命を任せてから、彼女の状況や夫にどう扱われているかに関して、様々な憶測がなされたのは言うまでもない。牧師館の家族は皆、メアリーからの便りを心待ちにしていた。こちらからメアリーと連絡の取りようがなかったのである。

マシューズ氏は一、二度、ブレントン夫人を訪ねてみたが、夫人から何の情報も得ることは出来なかった。夫人が娘のテレサから受け取った最後の手紙は七ヶ月以上も前にイングランド北部ノーサンバーランド州のアニックで投函されたものであった。その手紙には、スティーブン卿と奥様は大陸へ小旅行をする予定であり、二人に同行を求められたら勿論《もちろん》お供する、と書かれていた。ブレントン夫人はメアリーとテレサは目下フランスにいるものと信じきって、少しも不審を抱いている様子はなかった。しかも、テレサは母親にまめに手紙を書くような娘ではなかったので、フランスでの楽しい生活に夢中になり、年老いた母親のことなど思い出す暇《ひま》もないのだろうとブレントン夫人は思っていた。

キャベンディッシュ老嬢はレディー・メアリーの母方の親戚の幾人かに手紙を書いて、メアリーから何か連絡があったかどうかたずねた。メアリーの軽率な行為と結婚に憤慨した親戚たちは、次のように返してきた。「メアリーについては何も知らないし、知りたくもありません」そこで、マシューズ家の人々の不安はいやが上にも増したのである。

フランクリン中尉が出発して翌日か翌々日のこと、最近フランスから帰国した一人の紳士がマシューズ氏に手紙を届けるために牧師館に立ち寄った。そして、家族の夕食に招かれた折、少し前にパリでスティーブン・ヘインズ卿を見かけたと言ったのである。

「夫人も一緒でしたか?」キャベンディッシュ老嬢がたずねた。

「確かに、スティーブン卿と一緒に女の人はいました」その紳士は答えた。「しかし、その女性がスティーブン卿の妻であるとは思えませんでしたね。その女性を以前何度か見かけたことがありますが、私がスティーブン卿と同席していた時に、彼女が側《そば》にいた試《ため》しはありません。その女性はずうずうしい感じで、誰にでも慣《な》れ慣《な》れしく、とてもふしだらな生活をしているとの噂《うわさ》でした」

「それでは、その女性はメアリーではないわね」オーラがミス・ブレイクニーに囁《ささや》くと、ルーシーも首を横に振った。それでその話題は終ってしまった。

では、アニック城からさほど遠くない例の田舎家に話を戻すことにしよう。身勝手な行動に走り、真心《まごころ》を捧げる相手を間違えてしまったレディー・メアリーは、クラフトリー氏の庇護《ひご》のもと、まだその田舎家にとどまっていた。レディー・メアリーもテレサもその田舎家周辺の地理についてまったく無知であった。そのため、たとえ召使に頼めたとしても、友人たちへの手紙を出せる郵便サービスのある町や村を見つけて召使に指示することができなかったのである。さらに、スティーブン卿が去ってからの数週間、レディー・メアリーはものを書いたり、考えたりできる精神状態ではなかった。彼女は神経性の微熱に苦しみ、時々錯乱状態におちいった。メアリーのかき乱された心と深い失望は、彼女の貴族の誇りをもってしてでも抑えることができない自責の念と相まって、自制心を失わせ、彼女の精神を崩壊させようとしていたのである――実際、クラフトリー氏がいなかったら、おそらく崩壊していたであろう。彼はメアリーを軽率な若い女性だと考えてはいたが、その苦しむ様を見て気の毒に思い、自分の母と姉にメアリーを支えてやるよう頼んだのである。

クラフトリー氏の母と姉は気高く立派な女性たちであった。彼女たちは、一度の過《あやま》ちで一人の人間を社会から爪弾《つまはじ》きにして、慈悲や労《いたわ》りの対象から外《はず》すべきではないと考えていた。彼女たちはすぐに田舎家へ駆けつけ、守護天使のようにメアリーに付き添ったのである。そして、メアリーが朦朧《もうろう》としながら、ルーシーやオーラやマシューズ夫人の名を呼ぶ時、彼女たちはベッドの側《そば》に付き添い、メアリーをなだめ、薬を与えた。「スティーブン卿は直ぐに戻って来ますよ。お友達にもやがて会えますよ」と、語りかけて、徐々にメアリーの健康を回復させ、また精神的にもどうにか落ち着かせたのである。

ミス・ブレントンも、二人の心優しい女性によって感化され、病人のメアリーを優しく懸命に世話するのだった。レディー・メアリーは外見《そとみ》には回復しているようであった。しかし、彼女の熱い血の通っていた心は凍《い》てつき、青春の明るい希望は閉ざされ、花開こうとした蕾《つぼみ》は押しひしがれていたのである。

さて、クラフトリー氏とはどのような人物なのか。彼は有能で善良な紳士であり、法律の仕事に従事していた。彼が幼い頃に他界した父親は、かなりの財産とアニック近郊にある立派な家を、妻とクラフトリー氏より十歳年上の姉娘に残し、それ以外の地所と財産を息子のクラフトリー氏に残したのである。現金も相当あったので、クラフトリー氏はロンドンで一冬《ひとふゆ》楽しみたいと思った。ロンドン滞在中に、若くて世間知らずのクラフトリー氏は、詐欺師《さぎし》や賭博師《とばくし》の格好の餌食《えじき》になり、なかんずくスティーブン卿には多額の借金を負う羽目《はめ》になったのである。クラフトリー氏の資金は底をつき、彼が受け取る予定のわずかばかりの地代はまだ支払い期日になっていなかった。そのため、彼が調達できる唯一の方法はノーサンバーランドに持っているこの小さな田舎家と地所を借金のかたに入れることであった。

その結果、スティーブン・ヘインズ卿が美しい新妻と一緒に北から帰ってきて、クラフトリー氏に出会った時、スティーブン卿の不埒《ふらち》な心に、妻レディー・メアリーから逃れ、惚れ込んでいる商売女と一緒に大陸旅行を楽しむために、クラフトリー氏を利用しようという考えが浮かんだのである。この淫《みだ》らな女は、自分は既に結婚しており可愛い二児の母親であるが、スティーブン卿への抑《おさ》え難《がた》い愛ゆえに、道ならぬ恋に全てを犠牲にしたのだ、と若いスティーブン卿を言いくるめていた。

スティーブン卿の胸には、この女が完璧な女性の理想像として据えられていた。正道から彼を踏み外《はず》させたのはこの女の甘い誘惑の言葉であった、との自覚はなかった。彼はふしだらで節操のない女こそ、古今を通じて男の平安を破滅させる元凶《げんきょう》であることが分かっていなかった。

メアリー・ラムリーは感じのよい容姿で、快活に振舞い、お世辞に弱かった。メアリーの財産は、その実体の三倍以上あるように紹介されていた。スティーブン卿はその財産を得ようと腐心《ふしん》したが、メアリーを妻として公にする気は全くなかった。メアリーのわずかな財産をいったん手に入れてしまうと、スティーブン卿の思いは、彼の若い心を虜《とりこ》にしてしまった例の商売女へと戻って行ったのである。そして、彼に騙《だま》された犠牲者のメアリーを時と運のなりゆきに任せ、不倫の愛人を連れてフランスへと旅立って行った。

レディー・メアリーは、親切な見ず知らずの人々の看護によって徐々に気力を回復し、生きることを考え始めた。そして、自分がやがて母親になろうとしていると分かった時、新しい生命それ自体が彼女にとって愛しいものになっていた。レディー・メアリー・ラムリーは、自分勝手な決断に突っ走り、恋心と不実な友の甘言によって道を踏み外したとはいえ、もともと優しい心と人並み以上の理解力を持っていた。マシューズ氏の家族の中で過した時間は、メアリーにとって計り知れないほど役に立っていたのである。あの家族を構成している一人一人のしつけと習慣は、他人が義務を果たさないからといって、自分も義務を果たさない口実にはならないということをメアリーに教えていたのであった。

「私は捨てられたのだわ」メアリーは心の中で呟《つぶや》いた。「私は騙《だま》され、財産を奪われ、世間の評判を失った。でも、私の過《あやま》ちが、これから生まれようとしている者、私だけを頼みとする者を作り出したのであれば、私は自らの罪を受け入れよう。そして、罪のない稚《いとけな》きものの父となり、母となり、すべてになろう！　私と赤子がどのように暮らしていけるかは、神様のみが知っておられる。でも、敬愛するマシューズ牧師様はいつも言っておられた。天にいます私達の父は、孤児の申し立てを支持して下さり、寡婦《かふ》の正邪を見極めて下さるであろうと。ああ、私は寡婦よりもっと惨めです。そして、私のお腹《なか》の子は――たとえこの子が日の目を見ることが出来たとしても――この子の父親が私達を正当に扱う気持ちを持たないかぎり、孤児よりもっと惨めになるのです」

今、やっとその有り難さが分かった牧師館の友人たちに、メアリーは何故手紙を書かなかったのかと、読者は疑問に思われるかもしれない。メアリーは手紙を書いたのである。しかし、クラフトリー氏はどんな手紙も断じて送らせてはいけないという命令をスティーブン卿から受けていた。それゆえ、彼の母と姉がレディー・メアリーの看病に就《つ》くに先立って、メアリーであれ、ミス・ブレントンであれ、彼女らが書いた手紙は全て自分に渡すようにと、母と姉に言っていたのだった。その理由として、彼は母や姉がわざわざ行かなくても、自分が都合のいい時に郵便局へ持って行くからと述べていた。

ところで、スティーブン・ヘインズ卿は「テレサ・ブレントンは財産の点で獲得するに価する女性だ」とクラフトリー氏に言っており、一方テレサに対しては、「クラフトリー氏は働く必要がないほど収入がある」と仄《ほの》めかしていた。裕福で家柄の良い結婚相手は、まさにテレサが狙っているものであった。また、まとまった額の現金はクラフトリー氏にとっては歓迎すべきものだった。そこで、二人の間では、丁寧な言葉遣いや態度、そして一様に慇懃《いんぎん》なやり取りが周到に交わされたのである。クラフトリー氏は次のようにテレサに話した。「スティーブン卿が言うには、自分はレディー・メアリーの夫ではない、メアリーは上流階級の思慮の足りないロマンチックな娘で、自分にぞっこん惚れ込み、彼女の友人たちが主張する結婚の形式も踏まず——もっとも、自分もそんな形式など従うつもりはないのだが——自分のもとに身を投げ出して来たのだということだ」

テレサはこれがある程度まで事実であることは分かっていた。しかし、彼女は結婚の手続きがグレトナ・グリーン〔＊スコットランド南部、イングランドとの国境にある駆け落ち結婚で有名な村。簡単な手続きで結婚できる〕で行われたことも知っていた。法律的にはどうであれ、テレサの見解では、メアリー・ラムリーはスティーブン・ヘインズ卿の妻であった。しかし、レディー・メアリーは今や無一文同然である。自分がスティーブン卿を責めて苛立《いらだ》たせたところで何の役にも立たないし、道を誤った貧しい友人の助けにはならない。それどころか、自分のために立てた計画まで台無しになるかもしれない。テレサ・ブレントンはそのように考えた。この頃、ミス・ブレントンは外面的には全く新しい人格を身につけていた。彼女はクラフトリー夫人とその娘に習って、清純で控えめな性格を完全に作り上げていた。クラフトリー母娘は田舎で育ち、気取らず物分りの良い少数の人々としか交際していなかった。だから、特に洗練されていたわけではないが、作法は上品であった。彼女たちは才人と言うほど学問をひけらかす風もなく、付き合ってたいへん楽しい知的な人たちであった。信仰生活や道徳に関しては、二人ともきちんと原則を守って暮らしていた。彼女たちは陽気であったが、軽率ではなかった。まじめであったが、神聖さを気取ったものではなかった。また、人を疑わぬ素朴な心を持ち、明白な事実が突きつけられるまでは決して他人を悪く考えようとはしなかった。

クラフトリー氏の母と姉は、息子であり弟であるクラフトリー氏と仲良く暮らしていた。二人はクラフトリー氏を愛してやまず、彼は完全無欠であると思っていた。クラフトリー氏の方でも母や姉の平穏な生活に大層気を配り、自分の不品行の皺寄《しわよ》せが二人に及ばぬよう、また、何も心配をかけないように努めていたのである。

テレサ・ブレントンは、この家族の目にどこから見ても気立ての良い娘に映《うつ》った。テレサはクラフトリー家の人々と親しく交わり、家計や、家事や、人里離れた静かなくつろぎの場所や、知的向上心について大層思慮深げに語った。またクラフトリー氏がいる時は、サウサンプトン近くの自分の母親の屋敷の美しさについて詳しく話した。しかし、その屋敷が借家であることは伏せていた。そして、その場所の美点は、こぢんまりした造りの家と庭、そして二階の窓から見下ろす湾の眺めだと述べた。それから彼女は哀れなレディー・メアリーの不幸を嘆き、メアリーは気儘《きまま》に育ったので衝動的《しょうどう》なところのあるお嬢様なのだとため息をつき、そして次のように言った。

「メアリーは自分がスティーブン卿の妻であると思い込んでいます。それに逆らわないほうが良いと思います。今は妊娠して精神的に不安定な状態にありますので、逆らうと深刻な事態を引き起こすかもしれません。これからメアリーがどうなって行くのか、私には分かりません。と言いますのも、メアリーの友人たちから何の連絡もないからです。友人たちがメアリーを見放してしまったからではないでしょうか？　私自身、私の母から何の便りもないことに時折不安になります。でも、老人はあまり手紙を書きたがらないものですから、このことはさほど心配してはおりません」

レディー・メアリーは、クラフトリー氏から夫スティーブン卿の居場所を聞き出そうと努力したが、彼の答えは決まっていた。スティーブン卿の住所は定まってないので、手紙を出しても届かないだろうというものであった。

マシューズ氏の家族に宛てたメアリーの手紙は、クラフトリー氏によって全て燃やされるか、紙屑と一緒に引き出しの中に投げ込まれていた。母親宛てに書かれたテレサの手紙も同様に扱われた。もっともテレサは多くの手紙を彼に託したわけではなかった。ブレントン夫人と連絡を取れば、たちまちレディー・メアリー発見の手掛かりを与えてしまうと、クラフトリー氏は思った。外部にメアリーの存在を知らせるようなことは、スティーブン・ヘインズ卿の出立後、六ヶ月以内には絶対行わない、と彼はスティーブン卿に約束していたのだ。

「おまけに」クラフトリー氏は考えた。「テレサは母親に私がテレサに気があると書くかもしれない。また、もし私がテレサと結婚する気があると知れば、テレサの実家から財産の譲渡についてうるさく言ってくるだろう。そうなると、答えるのが厄介で都合の悪い詮索《せんさく》をされるにちがいない」

「ずっと考えていたのだが、テレサ」ある晩、ポーチに座って耿々《こうこう》と輝く収穫期の満月を眺めながら、クラフトリー氏は言った。「私がずっと考え、願っていたことがある——これはまた、私の母や姉の願いでもあるのだ。私達の心はもうお互いに結ばれているのだから、結婚してはどうだろう？　冬になる前に所帯を持てば、皆にとって幸せなことだと母や姉は考えているのだよ」

それからクラフトリー氏は、自分の財産と遺産相続の見込みについて説明し、彼の年収は五百ポンド以上あるように見せかけた。この中に、彼はこの田舎家も含めていたが、スティーブン卿がまだ持っているこの田舎家と地所への抵当権については一言も触れなかった。もっとも、スティーブン卿は、クラフトリー氏が自分の願いを聞くなら、向こう十八ヶ月間、田舎家から生じる利子を放棄することに同意していたのであった。テレサが黙っているのを見て、彼は続けて言った。

「テレサ、この田舎家を当分の間、私達の住居とすることに異存はないだろう。母はアニックで冬のひとときを過ごすように私達を招待してくれると思う。アニックはとても活気のある品のよい町だよ。健全で楽しい娯楽を提供してくれるのは間違いない。母や姉が付き合っている人々はアニックの町でも大層立派な階級の人々なのだ」

「クラフトリー夫人と、それにミス・クラフトリーと、数週間でも数ヶ月でもご一緒させていただくことに異存はありません」とテレサは彼の言葉を遮《さえぎ》って言った。「でも、夏の暑い盛りに二、三ヶ月ならともかく、この古めかしい田舎家を住居にするのは賛成できませんわ。せめて結婚して最初の冬は、あなたの交友関係の中に、つまり、ヨークかロンドンの社交界に参加させて下さい。私はロンドンの方が好きです。ロンドンへの旅行を抜きにしては、私のわずかばかりの財産をあなたに差し上げることは出来ません。ロンドンからだと、私の母を訪問することもできます。母はそろそろ私のことを薄情な娘だと思い始めているでしょう」

「いやはや！」クラフトリー氏は内心うめいた。「やんわりと反撃されたな！　ロンドンで一冬過ごすだって！　ロンドンでの冬はもうこりごりだ。この考えは捨てさせなくてはならない。さもないと二人の結婚はご破算だ。テレサはそんな無駄遣いを当たり前と思うほど金持ちではない」そこで、彼はとっておきの愛想笑いを浮かべて答えた。

「しかしテレサ、ロンドンで、いやヨークでさえ、一冬過ごすための費用をよく考えたことがあるのかい？　私の年収全部を使っても滞在費用を賄《まかな》うことはできないよ。辛《かろ》うじて見苦しくない程度の生活をしてもだ。私はあなたの財産がどれほどか知らないが、その大半はロンドンでのたった一冬でなくなってしまうだろう。しかも、私達がどこの誰とも認めてもらえずにね。金銭のことに通じているあなたには分かるだろう。一冬ロンドンという大都会で誰にも注目されずに財産の半分を費やすよりも、何年もの冬をアニックという立派な町で大手を振って暮らすことに私達の財産を当てる方がずっといい。ロンドン行きのことは考えなおしてくれないか、テレサ」

これは道理というものであった。しかし、テレサは簡単には引き下がらないと決心していた。それで彼女は自分の主張を通す更なる試みをした。しかし、テレサが譲らなかった数日間、クラフトリー氏が次第に冷たくよそよそしくなるのを見て、テレサは慎重に折り合うことを選んだ。そして、二人の結婚の準備が大急ぎで始められたのである。

第11章　因果応報

フランクリン中尉はロンドンへ急行する途中で友人のエーンズリーには会えなかった。ロンドンに着くとすぐに、中尉は父の屋敷のあるポートランドプレース通りへと急いだ。父の豪華な邸宅の窓にはブラインドが降ろされ、屋敷全体が陰鬱《いんうつ》な様相を帯びていた。ドアを開けた召使の顔は何やら恐ろしい災難がふりかかっていることを語っていた。

フランクリン中尉は母の部屋へと急ぐ階段で弟に出会った。弟はイートン校から呼び戻されていたのだった。この弟から、父が脳卒中を起こし、明らかに死に瀕《ひん》していると告げられた。父が倒れて以来、母は父の側《そば》に付きっ切りで、家族は皆、父の容態に戦々恐々としているとのことだった。

フランクリン中尉が病室に入った時、彼を迎えたのは、閉め切った窓、付き添う者たちの低い囁《ささや》き声、薬の匂い、そしてとりわけ、少しの間、病室に入ることを許された子供たちの一人が時折あげる押し殺したような嗚咽《おえつ》であった。それらは、今まさに父を失おうとしていることを彼に痛感させた。フランクリン中尉はベッドに近づいた。父は悲しみの全てを共にした妻に見守られながら、目を閉じ微動だにせず無言で横たわっていた。妻は献身的に付き添い、優しい天使のように夫の上に身を屈めていた。注意深い第三者が見れば、瀕死の病人の大理石のように白い額と古典的な容貌の上に、気高く寛大な精神と指揮官としての才能、素晴しい性格と洋々たる前途を読み取ったことであろう——しかし同時に、その観察者は、その全てが罪深い欲情の衝動に一度だけ身を委《ゆだ》ねることによって、もろくも崩壊してしまったことも読み取ったかも知れない。だが、妻と息子は敬愛してやまなかった人を、神の御手《みて》が迎えに来ているのを激しい苦悩とともに見るばかりであった。

フランクリン中尉はベッドの傍《かたわら》に立ち、母の手を握りしめ、言いようのない不安に駆られながら、父が目を覚ます瞬間を待った。とうとう父はゆっくりと眼を開けた。その目を中尉に向け、微《かす》かな笑みを浮かべて父は低い声で言った。「我が子よ、たった今、おまえのことを考えていた。おまえがまもなく、愛する人、おまえの愛にふさわしい人と結婚すると思うと、私は幸福な気持になる。そのことを思うと、長年の間、今ほど私は心穏《おだ》やかであったことはない。その人に会いたいものだ。その人の顔かたちの中に、おまえの幸福な前途を読み取ることができれば、父は安心してあの世に行ける」

フランクリン中尉は父の手をしっかりと握った。愛と感謝と悲しみの入り混じった涙が中尉の頬を流れ落ちた。彼は返事をすることができなかった。父の顔色から、その頼みに応じるにはもう遅すぎると息子は思った。しかし同時に、ルーシーのペンダントに描かれたルーシーの母の細密画を見せることによって、父の願いを叶えることができると思いついた。そのペンダントは、フランクリン中尉があわただしくルーシーのもとを去った日に、ルーシーからふざけて奪い取り、その後の突然の帰宅要請に驚き慌てて返すのを忘れていたものであった。

「私の愛する人、ルーシーの母親の肖像画を持っています」と息子は言って、胸の内側に手を入れた。「この絵はルーシーにとてもよく似ていますよ」

中尉はペンダントを取り出し、その細密画が父によく見えるように父の前にかざした。体を起こした父は、光がその絵の顔に当たった瞬間、痙攣《けいれん》的に震える手でペンダントを掴《つか》んだ。そして、その細密画の裏に刻まれた頭文字を見て、叫んだ――

「これが――ああ、これが最期になって再び現われ、私の目を潰《つぶ》そうとは！　――おまえが結婚しようとしている女性、その女性は私の実の娘だ！　――公正なる神よ！　――ああ、こんな目に遭《あ》おうとは！　――息子よ、私の机に行け――そこに、おまえの父の恥の記録を見出すだろう。そして、おまえ自身の運命も！」

必死に言い終えると、父の体力は尽き果てた。震える妻に支えられながら、彼はベッドに崩れるように横たわった。ほどなく、惨めなフランクリン――かつては陽気で、男らしく、幸福だったモントラヴィルは、世を去った。

第12章　発覚

フランクリン大佐の葬儀は、故人の階級に相応《ふさわ》しく盛大、且つしめやかに行われた。その日の新聞の報道で、大佐の愛国心と社会的貢献が伝えられる一方で、家族は、彼の若き日の奔放な欲望によって引き起こされた、若い二人の愛の破局を密かに嘆き悲しんだ。

親友のエドワード・エーンズリーと部屋に閉じ籠《こも》ったフランクリン中尉は、父親の指示で見つけた原稿を目の前に置いた。それは、父フランクリン大佐、かつてのモントラヴィルが、自責の念に苦しんでいた時期に書かれたものであった。その目的は、明らかにいわれのない汚名から、不幸なシャーロット・テンプル――ルーシー・ブレイクニーの母――の死後の名誉を回復しようとするものであった。恐らく、フランクリン大佐はそれをシャーロットの親族に渡すつもりだったのであろう。実際、そういう指示が机の中にあった一枚の便箋に書かれていた。フランクリン大佐はシャーロットの不幸な駆け落ちの全責任は自分にあり、さらに、シャーロットの死後に知ることになった彼女のニューヨークでの生活は自分への貞節に貫かれていた、と述べていた。そして大佐は、シャーロットの純粋な愛と苦しみのすべてに対して自分にできるわずかな償いは、真実を書き残すことによってシャーロットの誠実さと自分の犯した残酷で不当な行為を証言することだ、という深い嘆きを書き記していた。大佐は生前にこの文書が人の目に触れることは望まなかった。自分の不品行を公表すれば、子供たちに顔向けできないと思ったのであろう。さらに、彼の姓をモントラヴィルからフランクリンに変えて欲しいという妻方の裕福な親戚の願いに、大佐がいとも簡単に応じたのは、モントラヴィルという名の下《もと》で、彼の心の平安を失う要因となった致命的な一歩を踏み出していたからであった。——大佐自身の激しい表現を借りると、「自分が何者であるかを忘れたいがために、名前だけでなく自分自身をも喜んで変えたいと望んだ」のであった。

「エドワード!」この恐ろしい記録を読み終えた時、フランクリン中尉は悲しげに言った。「僕はこうして、僕の希望が木っ端微塵《こ ぱ み じん》に打ち砕かれたことを、ありのままに君に打ち明けた。それを君への友情と信頼の印《しるし》として受け取ってくれ。どうかあの人のところに行ってくれ!」フランクリン中尉はルーシーの名前を口にすることができなかった。「この恐るべき真実を、君の心が命じる通りに伝えてくれ。あの人はキリスト教徒だ。これはあの人にとっても大きな試練だと思う。あの人の魂を浄め、高め、そしてより輝かしい次元にふさわしい人にするために、あの人に送られた試練なのだ。僕はあの人に会うことはできない、いや、会わないでおこう。『神のご加護がありますように!』と、心から言っていたとだけ伝えて欲しい。僕はインドへ出発を命じられた部隊に配置換えを申し出た。そして明日、イギリスに別れを告げる!」

エドワードはフランクリン中尉の頼みに従うことを無言のうちに約束した。そして運命のペンダントを受け取ると、フランクリン中尉にその日は別れを告げることにした。父の屋敷に戻ったエドワードは、急いでマシューズ氏に手紙を書き、近日中に牧師館に伺い、ある不幸な出来事に関して、ぜひ一部始終をお話ししなければならないと述べた。

翌日、エドワードはこれを最後にフランクリン中尉に同行し、彼のインド行きの最終準備を見届けた。フランクリン中尉の顔には確固とした決意を抱く者の厳しさが漂っていた。それは、彼の思いがある高邁《こうまい》な目的に向けられているのを示していた。中尉は自分の将来の見通しについては一切触れなかったが、フランクリン中尉の強い性格をよく知るエドワードは、フランクリンの名前はいつの日か軍功の記録の中に見出されるだろうと予感した。フランクリン中尉の態度には、イギリスの地に一瞬たりとも留まるのを恐れているかのような苛立《いらだ》ちが見られることがあった。しかし、これはふとした折に垣間見られただけであった。彼は深い思いを込めて母親や家族、そして友人に別れを告げた。皆、感慨無量の面持ちであった。

イギリスを去るという長男の決意を、フランクリン夫人が受け入れている事実にエドワードは少なからず驚いた。夫人がこれから自分を護ってくれるはずの息子を熱心に引き止めるであろうと予期していたからだ。エドワードはフランクリン夫人がこれほどの決断力と強い意志の持ち主であろうとは思ってもいなかった。夫人の忍耐強い愛情、貞淑で従順な姿などは目にしてきた。しかし、今回のような夫人の行動力と決断力は今まで表《おもて》に現れたことはなかった。

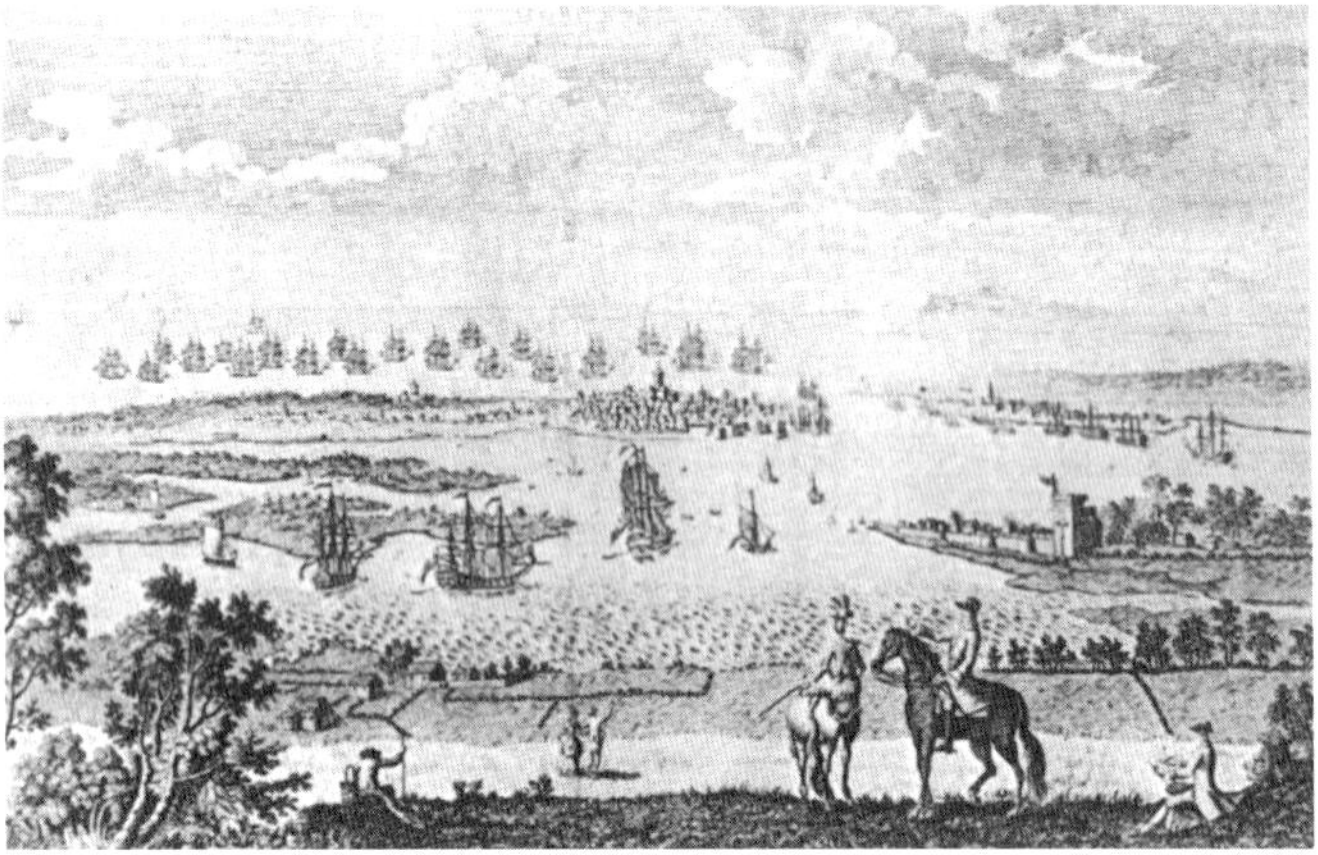

ポーツマス(18世紀の銅版画)

艦船に搭乗する港に向けてフランクリン中尉を乗せた馬車が去って行くと、エドワードは未亡人に、「この度の辛い状況において、中尉の最も親しい友人として出来る限りお役に立ちたい」と丁寧に申し出た。エドワードはハンプシャー州に行く目的について話し、その目的が達成され次第立ち返り、夫人の指示を仰ぎたいと言った。この親身な申し出に、夫人は深く感謝したが、ロンドンでのエドワードの援助は辞退した。フランクリン夫人は言った。「ロンドンに留まることは、私の意図するところではありません。でも、あなたのご親切を必要とするような時が来れば、息子へのあなたの友情に感謝して、私は必ずおすがりします。いずれにせよ、家族の者を通して私共のこれからの動向をあなたにお知らせいたします」

この夫人の言葉に満足して、エドワード・エーンズリーは夫人のもとを辞去した。

第13章　到着

フランクリン中尉が突然に出発してからというもの、牧師館の家族たちが非常に不安な状態にあったことは言うまでもない。中尉が急いでロンドンへ呼び戻された時の謎めいた気配に、牧師館の家族たちの不安は一段と大きくなった。ルーシーは落ち着きを保とうと必死に努めたが無駄であった。ルーシーは自分の部屋に引き籠《こも》ることが多くなった。そして、ルーシーが家族と一緒にいつもの忙しい仕事の輪に加わって、心配事から一時的に解放されているように見える時にも、平静な外見を保とうとする努力にもかかわらず、ふとため息が漏れるのであった。

はっきりわかった災難なら、それがいかに恐ろしく取り返しがつかないものでも、この不安な状態よりはるかに耐えやすいであろうとルーシーには思えた。ああ！　しかし、あまりに早くルーシーはこれが誤りであることを知るのである。

中尉が突然ロンドンに呼び返されてから三日目に、エーンズリーからマシューズ氏へ急ぎの手紙が届いた。その手紙はフランクリン大佐の突然の死去を伝えていただけで、他には何も言及していなかった。これは救いであった。実に陰鬱《いんうつ》な救いであった。それでも、ルーシーはそれを救いだと感じた。なぜなら、それは彼女の茫漠《ぼうばく》とした不安に、一本の境界線を引いてくれたように思えたからである。また、エーンズリーがそのような時に、フランクリン中尉から手紙を代筆するように依頼されたことも自然に思えた。突然の不幸のため、フランクリン中尉は手紙を書けなかったのかもしれない。ルーシーは今、かなり平静に事態のなりゆきを待つことができた。

しかし、フランクリン中尉がエーンズリーに事実を打ち明けた後に書かれたと思われる二通目の手紙の中で、「お会いして直《じか》に説明したい痛ましく極めて不幸な状況」とエーンズリーが述べた一節は、ルーシーを新たな不安に投げ込んだ。ここには多くの謎があった。フランクリン中尉をロンドンに呼び戻した最初の手紙は、ひどく暗くて曖昧《あいまい》なものであった。そして、この度《たび》の手紙は思い悩むルーシーの疑いと恐れを更に深くしたのであった。

この手紙を受け取って二日目に、ルーシーは居間の暖炉の傍《かたわ》らに独りで座っていた。もう午後も遅かった。マシューズ氏とオーラは貧しい人たちに必要なものを援助したり、やがて来る寒い季節に備えて衣類を配達したりするため留守だった。マシューズ夫人と妹のキャベンディッシュ老嬢は家事で忙しくしていた。ルーシーは過去のフランクリン中尉との喜びの思い出にふけり、中尉の不可思議な沈黙の理由を苦しみながら推測していた。するとその時、ドアが開き、エドワード・エーンズリーがルーシーの前に現われた。エーンズリーは旅でやつれ、心中の戸惑いと苦悩が明らかに見て取れた。その時マシューズ氏という救いが居てくれたら、エーンズリーはどんなにか嬉しかったことであろう。彼はまるで自分が罪深い秘密を隠し持っているかのように感じた。そして、ルーシーの物問いたげな眼差《まなざ》しに出会ったとたん、はっとして目を背《そむ》けたのである。彼はマシューズ氏の家族の誰か他の人に最初に会うことを望んでいた。今、エドワード・エーンズリーは、どこか他の場所でマシューズ氏に会うように連絡しておかなかったことを後悔した。しかし、退却するには、もう遅すぎた。彼は頑張って何とか答えなければならなかった。

ルーシーは近づき、いつものように手を差し出した。しかし、ルーシーの表情はエドワード・エーンズリーの胸を打たずにはおかないほど、苦悩に満ちもの問いたげであった。エーンズリーのような、昔からの信頼できる友人に対して、外見を取り繕《つくろ》うことは出来なかった。

「フランクリン中尉はどこなの？　あの方は元気？　無事なの？」

「中尉は元気です。落ちついて下さい、ルーシー。そんなに悲しそうな顔をしないで下さい」しかし、エーンズリーは次に言うべき言葉に窮した。

「あの方は元気なのですね。それでは何故――ああ、何故、あなたはお一人でいらしたのですか、エドワード？」

「辛い事情があるのです。そのためにフランクリン中尉は一緒に伺えなかったのです。あなたにその事情をお知らせしますが――しかし――」

「どうか話して下さい。お願いします。全てを話して下さい。私はもう十分に恐ろしい不安に耐えてきました。この苦しさに比べれば、どんなことでも我慢できます。私は最悪の事態に耐える強さを持っています。でも、理由の分からない不安にはもう耐えられません。私があの方の愛を失ってしまったのなら、そう言って下さい。お願いです」

ルーシーの態度には激しい真剣さがあり、表情は切迫し、声には深い悲しみがあった。エドワードはもうこれ以上隠しておくことは出来なかった。彼はルーシーの性格の強さを頼み、最悪のことを暴露する決心をした。彼はルーシーから目を逸《そ》らし、低い、殆ど聞き取れない声で答えた。

「ああ！　確かに、あなたは彼を失ってしまいました！」

ルーシーは叫びもしなければ、気絶することもなく、痙攣《けいれん》的発作も起こさなかった。ただ手を額にあてて、ふらっと暖炉の棚にもたれ掛かった。それから、部屋を出て行った。

エドワードは直ぐさまマシューズ夫人を見つけ、起こったことを伝えた。夫人はすぐにルーシーの後を追い、彼女の部屋に急いだ。ルーシーは自分の力を過信していた。この一週間の心労で消耗しきっていたルーシーは、この打撃によって完全に打ちのめされてしまったのである。その後、数日間、高熱にうなされ、ルーシーの命は危ぶまれた。この間のエドワード・エーンズリーの苦悩は想像に難くない。

第14章

慈善への献身——癒される苦悩

エーンズリーはフランクリン中尉から打ち明けられた事情をマシューズ氏に伝えた。しかし、その事情をマシューズ氏に話す前に、早まって崖から突き落とすようなやり方でルーシーに話してしまったことに、エーンズリーはひどく心を痛めていた。その痛恨の様子を見たマシューズ氏は、何とかこの若者の後悔の念を和らげたいと思った。早まってルーシーに直接伝えてしまったことに対する嘆きを軽くしてやりたいと思った。マシューズ氏は若いエドワード・エーンズリーがこの結果に対して責任があると自分を責めるのを、見過ごすことができなかった。なぜなら、いずれにせよ打撃は避けられなかっただろうし、恋人を熱愛する女性の心に恐ろしい事実を優しく伝える方法などなかったからである。

マシューズ氏はこれから更なる事実をルーシーに打ち明けなければならなかった。

牧師の親切な世話を必要とする病める心の人々の間で職務を果たしてきたこの立派な牧師にとって、今、この時ほど厳しく神の試練に晒《さら》されたことはなかった。マシューズ牧師は黙想し、友人たちに相談し、神の助けを祈り求めた。そしてついに、彼のかよわい預かり人、ルーシーの健康が回復し、彼女が全てを知ることが望ましいだけでなく、知らねばならない時期が来た時、牧師は恐れ戦《おのの》きながらその大きな試練に直面したのである。

打ち明けかねていた恐ろしい事実を、ルーシーが静かに納得して受け入れてくれたと分かった時、エーンズリーの安堵は大きかった。自分がフランクリン中尉の意志で捨てられたのではないということ――彼女が愛を捧げた男性は、最後の別れもせずに彼女から去ることで、のっぴきならぬ宿命、恐るべき運命に従ったのだということをルーシーは知った。それは、ルーシーの傷ついた心を慰めたのである。彼女はフランクリン中尉の決断を受け入れることが出来た。ルーシーは、彼が祖国に身を捧げるのならば、自分は他者を助けるという聖なる目的のために選ばれているのだと考え、これからの人生を悩める人々に奉仕し、人々の幸福のために捧げようと決心したのである。

ルーシーは時を待たず、この気高い考えを行動に移した。敬愛する牧師に助けられて、ルーシーはすぐさま慈善活動に積極的に乗り出した。その姿は、彼女の性格をよく知らない人々を驚かし、彼女を知る人々の尊敬の念を大いに増したのである。それはまた、ルーシーの心を、痛ましい思い出と無益な後悔から解放するのに役立った。

貧しい人々の境遇を改善するために、ルーシーがまず立てた計画は、少女たちを教育するための小規模な学校を建設することであった。ルーシーは牧師館の近くに格好の場所――閑静な人目につかないほどよい土地――を見つけた。そこは木々の生い茂る丘に囲まれ、村となだらかに広がる牧場を見晴らせる場所であった。ルーシーはここにイオニア式建築の見本のような上品で落ちつきのある建物を建てた。周囲を囲む楡《にれ》の木立から透《す》ける清らかな白い柱と簡素な壁は、彼女の部屋の窓からもよく見渡せた。その窓辺に座って、この小さな建物の内部の配置や財政のことを胸の中で計画しながら、ルーシーは静かな幸せとも言える時を過ごすことが多かった。

建物は幾つかの部屋に分けられ、様々な教科を担当する聡明で有能な若い女性たちがそれぞれ配置された。ある部屋では実用的な針仕事、別の部屋では学校教育の分野、そしてまた別の部屋では道徳の原理やキリスト教の平易な真理と戒律が教えられた。これらの上に中等学校のようなものがあり、そこには、人物、学業共に、広い世界での活躍が期待できる生徒だけが進級できた。進級した生徒たちは、そこで学校全体を統括する校長の指導の下《もと》でより専門的な教育を受けるのである。

これらの手配に、ルーシーは自分でも驚くほど熱心に従事した。彼女は若い生徒たちの生まれつきの適性や気質を知ることに喜びを見出した。また時間の許す限り、生徒たちと会話をして、素朴な返答や意見を興味深く聞いた。そして、生徒たちの中に審美眼や想像力の芽生え、鋭い推理力や秀でた創造力の萌芽《ほうが》を発見することもしばしばあった。

しかし、ルーシーが一番楽しんだのは、生徒たちの優しい心や道徳心を伸ばしてやることであった。後援者ルーシー・ブレイクニーという手本が教師たちにとって大きな力を発揮する分野があった。ルーシー自身が受けた教育、人間性と自然に関する知識、教養豊かな洗練された道徳心、そしてとりわけ、神の試練の御手に見事に従うことによって、彼女が社会とその問題点に投げかけた癒《いや》しと信仰の光、これら全てにおいて、ルーシーは若い女性たちの頭と心を陶冶《とうや》する仕事に適任であった。

ルーシーが女子教育という仕事に励むうち、どんな財産も名声も決して与えることができない心の平穏と充足をルーシーが見出したことは言うまでもない。

第15章　岐路――官僚と聖職

エドワード・エーンズリーはオックスフォード大学で抜群の成績を修めて勉学を終え、将来が大いに期待されていた。エドワードは職業の選択に迷っていた。正直な気持としては、教会の仕事に一生を捧げたいと思っていた。しかし、父は息子が政治家になることを切望していた。それは恐らく、ある閣僚から彼の息子エドワードのために外交官のポストが用意してあると言われたことに影響されていたのだろう。

エドワード・エーンズリーの将来に関するこの興味深い話題は、前述した出来事と時を同じくして、エーンズリーの家で持ち出されていた。エドワードはルーシーが完全に回復したのを見届けた後、ロンドンに戻っていた。そして、エドワードの将来の職業についての議論が、並々ならぬ関心を持って蒸し返されたのである。

オックスフォード大学(1830年代の銅版画)

エドワードが帰宅した夕べ、彼は父の豪壮な邸宅の居間に座っていた。家族は既にそれぞれの部屋に引き取って、父親とエドワードだけであった。しばらく沈黙した後で、父の方がいつもの話題の口火を切った。

「なあ、エドワード、そろそろ政府高官をしている私の友人の希望を入れて、政府の手助けをしてくれる決心がついたと思うが――」

「実の所、父上、私は最近ハンプシャー州の田舎を訪れることがありました。そこで、前よりいっそう田舎の牧師として一生を送りたいと思うようになったのです」

「友人の政府高官、コートリー卿はおまえが自分の才能をそのようにして棒に振るのは大層残念だと言っておられる。私は立身出世という考え方が良いと思っているわけではない。しかし、祖国はおまえに奉仕を要求する権利を持っている。教会の聖職禄は、今おまえの前途にある栄達に適していない者や、能力のない者たちに廻せばよい。おまえが聖職禄を受け取るというのなら、それはその職にふさわしい採用予定者の職を奪うことになるのだよ」

「私が外交官の職を受けても、それと同じことが言えると思いますが……」

「その心配はないだろう。この役職は他の誰でもなく、おまえにさし出されているのだ。実際、おまえにそれを受けてほしいと強く求められているのだよ。エドワード、いいか、おまえは素晴らしい人生に乗り出そうとしている。それを断るのは世間知らずのやることだ」

「父上は政界で人生を送る苦労や心労を十分考えられたことがありますか？　立身出世のための画策と暗闘の連続ですよ。人間の闘争本能がすべて動員されるのです。そこでは、人間の心の寛大さや温和な性質は皆、成功にとって致命傷であると見なされます。国政における失策は犯罪より悪いと考えられているのです」

「思うに」父の准男爵は言った。「失策より犯罪の方が許される職業は、政界をおいて他にはないね。しかし、本題から逸《そ》れてしまった。エドワード、一言で言うと、おまえの堅固な道徳心と高邁《こうまい》な名誉心をそのまま持って政界に入っても、何ら成功を危《あやう》くすることはないのだ」

「父上のおっしゃる通りだと思います。しかし、私には政界では必ずや障害となる感傷と、愛して止まないものがあるのです。私は諸外国の華やかな宮廷の中にあって、閑静な田舎や家庭生活の楽しみを思って嘆息するでしょう。懐かしいイギリスへ急ぎの公文書を書く時はいつでも、イギリスの緑豊かな野原と、のどかな田舎家の美しい眺めを見たくなるでしょう。私はイギリスの静かな片隅で自然と語りあうのが好きなのです。そして、たとえ人々と交際するにしても、権力や出世のための空しい戦いにおいてではなく、地域社会での楽しい交わりや、この世だけでなく、永遠の幸福を願っている人々との親しい交わりを求めているのです。もし私に富があるなら、一番なりたいのは人々の力になれる慈悲深くて敬虔な田舎の紳士です。何故かと言うと、そのような立場で私が与える助言と教えは、単なる職務にとどまらず、慈善行為が伴うので何倍もの効果を生むでしょう。しかし、そのような身分にはなれませんので、私は田舎の牧師のつつましい職務に甘んじたいのです」

父と子がこのように話していた時、使用人が速達を持って入ってきた。その手紙は准男爵宛てのものだった。父は封を切って急いで読むと、思わず叫んだ。

「おやおや、息子よ、今のおまえの望みがかなったぞ！　ほら、見なさい！」と言って、父は息子に開いた手紙を渡した。

それは遠い親戚に依頼された遺言執行人からであった。その親戚はエドワードが子供の頃に会って、エドワードを気に入り、臨終に際してイングランド北部にある自分の広大な地所を全てエドワードに残したのである。

エドワードが言葉も無く感謝に満ちて天を仰《あお》いだ時、若者の顔には神の配剤への驚きと感嘆の念が溢れていた。

数分の沈黙の後、父は言った。「さてと、おまえは直《ただ》ちに譲り受けたばかりの地所へ行って見るだろう？」

「はい、そうします。しかし、北部に出発する前に数日間ハンプシャー州を訪問したく思います」そう言ってエドワードは父におやすみを告げ、自分の部屋に退いた。

第16章　婚約

ロンドンを出発する前に、エドワード・エーンズリーはフランクリン夫人が住んでいる家を訪れた。そして、その家が他人の手に渡っているのを知って驚いた。屋敷に帰り、父にたずねると、夫人は家族全員でニューヨークへ出発したとのことであった。考えてみると、これがフランクリン夫人にとって最も自然で適切な道であった。そう分かると、エドワードは納得した。アメリカは夫人が生まれた地であり、若い頃、幸せな日々を過ごした場所であった。一方、イギリスは、夫人が不幸と試練のみを経験した国であった。フランクリン夫人の幼い息子たちは新しい国アメリカで十分に活躍できるであろう。そして、長男ジョン・フランクリン中尉が忠誠を誓っているイギリスと、アメリカの現在の関係は友好的である。長男フランクリン中尉がインドで軍務に就いているという理由で夫人はなんら不安を感ずることはなかった。フランクリン夫人のイギリスにおける財務関係の諸事は最も信頼の置ける代理人にまかせてあると、父はエドワードに告げた。

エドワードは、フランクリン一家に関して、友人ジョン・フランクリン中尉のためにできることはこれ以上何もないと感じた。そこで、前回彼を憂鬱にした訪問とは違う気持を抱いて、ハンプシャー州へと出発したのである。

ここでエドワードの感情を分析するよりむしろ牧師館へ急ぐ彼の足取りを辿ることにしよう。エドワードは父の屋敷で三十分ばかり過ごした後、ハンプシャー州の牧師館へと急いだ。牧師館の居間に入ると、マシューズ夫人とキャベンディッシュ老嬢がいた。若い女性たちはルーシーが心血を注いでいる学校へ行っているとのことであった。

エドワードは近道をしてこの学校に行こうと決めた。そこで、庭から学校に通ずる木陰の小道を歩いて行ったのである。太陽はまさに地平線にかかろうとしていた。その豊かな輝きは西の方角に浮かぶ巨大な雲のかたまりを照り輝かせていた。彼が急ぎ足で小道を曲がると、目の前にオーラ・メルヴィルの姿が現われた。土手の端に立って、落日の最後の光を見つめるその姿は、西の空を背景にくっきりと浮き彫りになっていた。エドワードがそっと近寄り、声をかけようとしたその瞬間、オーラがまるで独りごとでも言っているかのように柔らかな声で話すのが聞こえた。

「何と美しい夕日なのでしょう！　あの方が一緒にいて下さったら、もっと美しいのに！」

オーラの腕に手を優しく置きながら、エドワードも同じように独りごとを言うような調子で言った。「何と幸福なのだろう、僕がその人物であると自惚《うぬぼ》れることができたら！」

オーラは振り向いた。そして突然のエドワードの出現に驚き、さっと顔を紅潮させた。オーラの容貌は生き生きと輝き、それを見てエドワードは、オーラを今までの何倍も美しいと感じた。

エドワードに対するオーラの気持は既に幾度か垣間見られてきた。一方、エドワードは長い間、敬意と献身的な気持でオーラを愛していたのだが、親掛かりの経済状態と将来の職業に関する不安があったため、それを表に出すことができなかった。読者はこの後まもなく、二人が互いに理解しあえたことを容易に想像できるであろう。

ゆっくりとした足取りで、何度も立ち止まりながら、小道を行くエドワードとオーラは黄昏《たそがれ》の帳《とばり》がすっかり落ちてから牧師館に戻って行った。その恍惚《こうこつ》とした時間、若い男女の熱烈な愛の表明、思いの半分も伝えられない言葉、乙女のおずおずとした眼差しと恥ずかしそうに背けられた顔、そして沈黙の時（若き人生において、ただ一度だけ経験するあの幸福感で一杯の沈黙）――これら全ては、読者の想像力にお任せしよう。

二人が牧師館に着いてみると、オーラより遅くまで学校に残っていたルーシーはいつもの道を通ってすでに帰宅していた。そして、家族は二人の帰りを待っていたのだった。湯気の出ている紅茶沸かしはふつふつと沸き立ち、ささやかながら活気に満ちた楽しい団欒《だんらん》のひとときに役立とうとしていた。

第17章　テーブルでの会話——エドワードの決意

「ところで、エドワード」ゆっくりと大好きな紅茶を飲みながら、牧師が言った。

「思いがけずお会いできて、これほど嬉しいことはない。おそらくあなたは父上の願いと父上の友人の大臣の説得を受け入れ、求道の志《こころざし》を捨てて、もう外交官としてサンクト・ペテルブルグへ発たれたと思っていましたよ。察するに暇乞《いとまご》いのためにここに寄られ、まもなく北へ出発するのでしょう?」

「その通りです、牧師様」エドワード・エーンズリーは答えた。「私はまもなく北へ出発します。しかし、今年の冬にはロシア皇帝の宮廷に到着することはまずないでしょう」

「では、ベルリンかね?」

「遠すぎますね、牧師様」

「ひょっとして、コペンハーゲンではないのかね?」

「『カラス麦のケーキと兄弟たるスコットランド人の国〔*ロバート・バーンズの詩「キャプテン・グロース」の一節、一七八九年〕』ほども遠くには行きませんよ。私はこれから数週間カンバーランドの湖や丘陵のある場所に滞在するつもりです」

「カンバーランドですって!」三、四人の声が一斉に叫んだ。

「どんな目的でカンバーランドにいらっしゃるの?」ルーシー・ブレイクニーがたずねた。「その地方に宮廷があるという話は聞いたことがありません。妖精マブ女王〔*イングランド民話の妖精〕の宮廷以外は!」

「私はそこの小さな地所を管理しに行くので

カンブリア地方(旧カンバーランド)のマナーハウスの一例

す」

「あなたの父上がカンバーランドに地所を持っておられるという話は初耳だね」牧師が言った。

「バーステック大叔父が持っていたのです。父をよく訪問し、この牧師館辺《あた》りの気持ちの良い丘や草原の散歩に、いつも私を連れて来ていた老紳士を覚えておいででしょう。大叔父は長い間健康がすぐれなかったのです。大叔父が亡くなったという悲しい手紙は、大叔父が昔のお気に入りの私を覚えてくれていた事も知らせてくれました。大切なバーステック大叔父の死ではなく、何か他の理由で裕福になれたのならよかったのですが……」

エドワードは大叔父のやさしさを思い出して胸が詰まったので、立ち上がって窓の方に行った。しばらくして落ち着きを取り戻し話を続けた。エドワードは政界での立身出世の道を捨て、湖水地方の物静かな風景の中でもっと自分に合った職業に専念するつもりであると牧師館の友人たちに語った。

エドワードのこの決意を牧師は高く評価した。そしてそれは翌日、牧師とエドワードが二人きりで会った際、牧師が後見人をしている娘オーラへの求婚に同意する上で、大きな推進力になったことは言うまでもない。

牧師館で友人たちと一緒に楽しく数日を過ごした後、エドワードは北へと旅立って行った。

カンブリア地方(旧カンバーランド)の風景

第18章　冒険

エドワードの地所は、湖水地方の景勝地ケジックの神秘的な美しさの漂う谷の近くにあった。最近まで大叔父バーステックが住んでいた邸宅は、スキドー山の南斜面に位置しており、昔風ながら快適なその家は、美しい庭と広々とした起伏のある敷地を有し、周囲の風景に溶け込むように設計されていた。正面のバルコニーからの眺めは特異な美しさと崇高さを湛《たた》えていた。ゆったりと南に広がる谷の彼方には、ダーウェント河の静かな川面《かわも》が鏡のように光り、ボローデイル渓谷の険しく異様な形の山並が後方を守っていた。東にワロークラッグとロドーアの険しい峰々が天を突き、西にニューランドの高台が、茂った樹木と岩で絵巻を広げたように境界を形作っていた。

この風景を飾るように点在する田舎家や農家は、切り出したままのごつごつした石で造られて、厚い粘板岩の石板で屋根が葺《ふ》かれていた。家々の多くは屋根と横壁が苔で覆われ、カラマツやカエデが周囲を取り囲んでいた。到着すると、エドワードは真っ先に彼の地所の小作人たちを訪問した。そして、素朴な心を持つ彼らの人柄に触れ、喜びはいっそう大きくなった。人里離れた山岳地帯にある集落は、この国の他の地域を襲《おそ》った文化的洗練と退廃《たいはい》の荒波から、この地方の古風な暮らしを守っていたのだった。

ある日の午後、エドワードがいつものように馬に乗って散策していた時、彼は大叔父の屋敷から遠く離れた地所の一つを初めて訪れた。そこで絵に描いたような一軒の石造りの田舎家に行き逢って、引き寄せられるように近づいた。

その家は形が不揃《ふぞろ》いで、数世代に渡ってそこに住む人々が建て増しや改築をしてきたことを物語っていた。

果樹園には様々な樹齢の木々が植わっていた。門前の節くれ立ったリンゴの古木は苔蒸《こけむ》し、あちこちに枝を突き出して、その家と同じ年輪のようだった。小さな庭には蜜蜂の巣箱がぎっしり詰まった小屋があり、薬草の細長い苗床《なえどこ》は花で囲まれていた。その田舎家の裏手の岩から迸《ほとばし》るせせらぎは、あたり一面にあざやかな緑を繁らせ、軽快なメロディーを奏《かな》でていた。

エドワードが馬から降りて田舎家に入って行くと、その家のおかみさんは心から来訪者を歓迎した。主《あるじ》は丘へ農作業に出掛けていたが、人の良いおかみさんは次のように言った。「地主様にお会いできて大変嬉しく思います。お亡くなりになられた先代様のように、地主様もどうか私達の近くに住んで下さいませ」

エドワードは自分もそうするつもりだとおかみさんに言った。

「地主様が今日ここに来て下さって嬉しいのには、もう一つ訳《わけ》がございます」と彼女は続けて言った。「別の部屋に可哀想《かわいそう》な困りきっている若い女の人がいるのです。その人は長旅に疲れ果て、昨日ここに辿《たど》り着いたところです。どうやら尊い身分の方のようで、親戚の人々について話しているのを聞きますと、皆お偉い方のようです。でも、きっと気が触れているのですよ。昨日ここに来た時の姿は見るも哀れで、頭には野良でかぶる麦わら帽子だけ、肩にはあの寒さの中で、薄いショールを羽織っただけでした。地主様、どうかあの人にちょっとお言葉をかけてやって下さいませ。どうやらイングランドの南の方の出身のようで、同郷の同じご身分の方に会えば、元気も出ることでしょう」

エドワードがその人に会ってみようと言ったのは言うまでもない。やがて彼は最初に通されたこざっぱりした居間から、さらに奥の小部屋に案内された。驚いたことに、そこには変り果てたレディー・メアリー、つまりスティーブン卿の妻がいたのである。メアリーはお手伝いの娘に付き添われ、暖炉の傍《そば》の安楽椅子に座っていた。

　メアリーの服装は汚れた旅行着のままであった。その服はかつては高価で華やかなものだったと察せられた。彼女の顔は痩《や》せてやつ

ロンドン塔（17世紀の銅版画）

れ、その目には物狂おしさが宿っていた。悲しいことに、それはこの惨めな女性が友人たちや運に見放されただけでなく、神からの賜物である理性の光をも奪われていることを物語っていた。

メアリーはエドワードを見るとはっと驚いて叫んだ。「まあ！　とうとう来たのね。ほら、私はここで朝からずっと泣いていたわ！　夫の公爵は大逆罪で明日の朝ロンドン塔で斬首の刑を受けるのです！　でも」とエドワードの腕をつかみ、耳もとで熱心に囁《ささや》いた。「それなのに、私はもう少しで女王になるところでした！」「それからまた」メアリーは激しく泣きながら続けて言った。「城の連中が私をここへ幽閉したのです。城の番人が私の宝石を奪って侍女たちを追い払い、私の世話をさせるためにこの無知な娘だけを置いたのです。この仕打《しう》ちはまだしも、あの連中は円《つぶ》らな瞳に金色の巻き毛が愛らしい私の子供まで取り上げました。何故彼らは私をいつまでも生かしておくのでしょうか？」メアリーはとても慰めようのない不幸な人がするように、両手を揉《も》み合わせた。

「可哀想に！」田舎家の善良なおかみさんは言った。「前にはこんな戯言《たわごと》など言わなかったのに……」

「私はこの不幸な女性をよく知っています」とエドワードは低い声で答えた。「しかし、彼女には私が分からないようだ」

「分かっているわ！」レディー・メアリーはエドワードの言葉尻を捉《とら》えて叫んだ。「エドワード・エーンズリー、私はあなたを知っています。そして、あなたが何のためにここにやって来たかも。あなたは法外な夢を抱くことは愚かしいと説教するために、友と保護者に背を向けたことを叱るために来たのでしょう。でも、その必要はありません。私は明日、全ての責任をとります。私は夫と一緒に死にます！」

メアリーは力を込めてそう言うと一瞬黙り、じっと床を見つめ、再びわっと泣きだした。「かわいそうな坊や、私の幼子《おさなご》はどうなるのでしょう？　神よ、あの者たちがあの子を殺しませんように！　あの幼子《おさなご》は国家にどんな危害も加えていません。もし国王があの無邪気な小さな顔を御覧になられたら、きっと助けて下さるわ！」

エドワードは自分がこれ以上ここにいてもメアリーの役には立たないと感じてその部屋を出た。そして、できるだけ細《こま》やかに哀れなメアリーの世話をするよう指示し、その田舎家の家族に十分な報酬を約束してその家を辞した。彼は急いで馬に乗り、最《も》寄《よ》りの医者を訪ね、家に帰る前に医者をその田舎家に送ったのである。

第19章　無分別の報い

前の章で述べた出来事の後、数日間レディー・メアリーは高熱が続き、医者は彼女の回復を危ぶんだ。エドワードはメアリーの容態を聞くために毎日田舎家に通った。そしてその家族の温《あたた》かく辛抱強い看病によって、ついにメアリーが心身の危機を無事に乗り切ったことを知って喜んだのである。メアリーは理性を取り戻していたが、体調はまだおぼつかなかった。それで医者は、メアリーの神経を高ぶらせないよう、ここに辿《たど》り着くまでの惨めな経緯《いきさつ》を彼女に聞くことを許さなかった。

レディー・メアリーは、昔からの彼女の友人が世話を引き受けたこと、そしてメアリーの体調さえ戻れば、その人に面会できると聞き安心した。守られていることに心安らぎ、メアリーは日一日と快方に向かって行った。エドワードがその田舎家を初めて訪問してから一ヶ月位経った頃、メアリーは一日の大半を起き上がって過ごし、人と応対できるようになった。

回復したメアリーとエドワードの再会が双方にとって感動的であったことは想像に難くない。不幸によって謙虚になることを学んだレディー・メアリーは、一緒に育った友人たちに会うことを心から待ち望んだ。そして、友人たちを捨てて恋人と駆け落ちした自分の恥ずべき行動を許してもらうことを切に願っていた。エドワードは、友人たちのレディー・メアリーへの愛情に少しも変わりはないこと、友人たちはメアリーが下心のある悪人たちに騙《だま》されたのだと心配し、あの温かな家庭に再びレディー・メアリーを迎えることを心待ちにしていることを断言し、メアリーを安心させた。

このように宥《なだ》められ励まされて、レディー・メアリーは、駆け落ちした挙句、夫に捨てられたことなど、すでに述べてきた出来事について徐々に語り始めた。メアリーは、あのゴシック風の田舎家で生まれた幼子《おさなご》、きれいな愛くるしい男の子を亡くしてしまったこと、そして花嫁テレサの意向によって派手なパレードで華やかに祝われたクラフトリー氏とテレサの結婚式の後、夫に捨てられた言いようのない惨めさを噛《か》みしめながら、その田舎家でクラフトリー氏とテレサの新婚夫婦と一緒に住んだことなどをエドワードに語った。

メアリーが言うには、ある日、家の者が皆出かけてしまった午後、彼女は本を探しにある部屋に入った。テレサが出がけに、その本ならその部屋の引き出しに入っている、と言っていたからであった。メアリーは机の引き出しを次々と開けたが、その本は見つからず、一番下の引き出しを開けるのに手間取っていた。やっとのことでその引き出しを引っ張り出してみると、驚いたことに、そこにはメアリーが夫や友人たちに書いた手紙の大半が封を切られたまま投げ込まれていたのである。他にも多くの手紙があり、そのうちの何通かはクラフトリー氏宛で、彼女の夫、スティーブン卿の自筆のものであった。

メアリーは家人に見つかるのを恐れてその引き出しを一度は閉めた。しかし、自分が悪質な企《たくら》みに陥《おちい》っているに違いないと気付き、自分にはその手紙を全部読む権利があると考えなおし、それらを自分の部屋に持って行った。

その中には、メアリー自身の手紙とスティーブン卿の手紙の他に、テレサが母に宛てた手紙が何通かあった。家人が戻る前に、レディー・メアリーはそれらをほとんど読み終えた。うろたえ、胸がつぶれる思いで読み進み、気が狂いそうになったが、メアリーはこれで自分が置かれた状況をはっきりと理解したのである。

メアリーの夫スティーブン卿は目下パリに在住していて、放蕩三昧《ほうとうざんまい》の生活を送っていることが分かった。彼はパリからクラフトリー氏に手紙を送り、レディー・メアリーに故郷の友人たちと連絡を取らせてはならない、と繰り返し命令していた。メアリーを打ちのめし失神させたのは、ある手紙に書かれていた「彼女に二度と会う気はない」という夫の明言であった。それには、「メアリーがどう考えていようと、あれは実際には自分の妻ではない」と、はっきりと書かれていた。

意識を取り戻してから、メアリーは涙を流しながら神に助けを求め、手紙の束の残りを急いで読み終えた。

「私の人生の中で」とメアリーは言った。「あの日のように、惨めに打ちのめされた時はありませんでした。全ての希望が失われたと思いました。敵に囲まれ、一人の味方も友人もいない！　家人が戻る前に、私は手紙の大半を引き出しに戻しました。お茶に加わるよう誘われた時、私は口実を設けて断りました。自分の部屋で邪魔されず、翌朝まで放って置かれた方がましだったからです。

この間に、私は自分の置かれた状況をよく考えました。テレサの手紙もさし押さえられていたことから判断して、テレサが最初から私を陥れる計画に加担《かたん》していたわけではなかったことは明白でした。でも、今やテレサは陰謀の手先クラフトリーの妻なのですから信頼するわけには行きません。偽善者クラフトリーの母と妹は、クラフトリーの人格をすっかり信じきっていました。ですから、私が彼女たちに真実を話したとしても、私を気違いか、中傷者としか考えなかったことでしょう。これも手紙を読んで知ったのですが、クラフトリーは夫から私の扶養料を受け取っていたのです。夫は私の扶養料として、クラフトリーの地所の抵当分の利子を放棄していました。これは私がスティーブン卿の妻であることの暗黙の承認です。でも、私は将来いつか、友人たちがテレサから引き出せるであろう証言の方がもっと大きな価値があると考えました。

私が無一文で追い出されたり、家の者からあからさまに意地悪されたりする心配はありませんでした。恐ろしかったのは、私の人生の大切なものすべてを奪い取ろうと共謀した男と同じ屋根の下で暮らしているということでした。私は密《ひそ》かな戦慄《せんりつ》を覚えずに、その男クラフトリーの顔を見ることはできませんでした。私はやっとのことで平静を装いながら、数日間、私をとりまく状況に思いを巡らし、ついにマシューズ氏のもとに避難し、友人縁者の好意にすがろうと決意するに至りました。

とは言え、いつかは友人たちの所に辿《たど》り着くという希望を頼りに、どのように脱出を実行するかは容易ならぬ問題でした。私にはお金もなく、これと言うほどの宝石もありませんでした。ただ、旅費を賄《まかな》うためのお金に換えられるレース飾りを少し持っていました。それで、私は気取《けど》られないよう注意して荷造りし、近所で開かれる定期市でそれを処分することにしました。定期市の朝、私は家族に散歩がてら近所の田舎家を訪問して一日を過ごしたいと言いました。嘘をついたことは仕方ありません。私は旅行用の服を着て、大切な荷物を隠し、喜びと不安の混ざりあった気持で出発しました。レース飾りはすぐに売れました。実際の価値よりずっと安い値をつけられました。それは、私がこの種の品物を大陸からそっと持ち込んで生計を立てている輩《やから》の一人と間違われたからでしょう。でも、それは大したことではありません。私は迫害者たちから逃れるためなら、ジプシーのふりでも、占い師のふりでも、やり通したことでしょう。

私の次の目的は、南部に行く郵便馬車をつかまえて、ここから無事に脱出することでした。それにはもっと大きな勇気が必要でした。なぜなら、市場では短時間人目に触れただけですが、この場合は絶えず人目に晒《さら》されます。私は自分の役柄をできるだけ自信をもって演じました。保護者のいない一人ぼっちの私を、宿屋の主人、女将、そして使用人さえも疑わし気な目付きで見ておりました。でも、私は涙一つこぼさず全てを耐え忍びました。そして大過なく最初の難関をくぐり抜けることができました。

とは言え郵便馬車の終着駅にある宿屋に到着した時には、それまでの二日間の疲れがどっと出て私は疲労困憊《ひろうこんぱい》していました。そこですぐに少し離れた部屋に引き取りました。新聞が窓側の腰掛に置いてありました。紅茶を一杯飲んで人心地がついてから、コラムに知り合いの名前でもないかと期待しながら、その新聞を取り上げました。ところが何と、そこに夫の死亡記事があったのです。私がどんなに驚き恐れ戦《おのの》いたかお察し下さい。あの人はパリで決闘して倒れたのです！　私、夫を愛しておりました。ああ、あまりに深く！」

ここでレディー・メアリーは感情が高ぶって、話しが続けられなくなった。実際、メアリーはもはや語るべきことはあまりなかった。夫の死という衝撃《しょうげき》はメアリーにとってあまりに大きく、彼女の理性を狂わせてしまったのである。その瞬間からメアリーが覚えていることはただ村から村へさまよい、ある人には同情され助けられ、またある人には嘲笑されたことだけだった。やがて彼女は今かくまわれている場所に逃れ来て、周囲の善意の人々に介護されて記憶を取り戻したのだった。

エドワードは強い関心と深い同情を抱《いだ》きながらメアリーの話に聞き入った。そして、メアリーの親戚たちがどんな態度をしようと、友人たちはメアリーを守り支えるに違いないと確約したのである。エドワードは、メアリーの体が回復する間、この田舎家でもうしばらく世話になるためのいろいろな指示を与えた。そして体力が回復すれば、エドワードの屋敷にメアリーが身を落ち着けるように取り計らった。

エドワードはレディー・メアリーに関する全てのことを知り、メアリーが安心して過ごせるように住居の手配をした。そのため予定より出発が遅れたが、手配が終わると、レディー・メアリーを田舎家の善良な家族の世話にまかせ、急いでハンプシャー州へと出発したのである。

第20章　昔ながらの結婚式

ルーシー・ブレイクニーが従事していた様々な慈善事業は枚挙に暇《いとま》がない。ルーシーは時たま貧しい人々を訪問しては、たちまち窮乏しているものを支援するだけでは満足しなかった。ルーシーは慈善事業を本当の意味で効率的に運営することを研究対象にした。そして彼女の知識、趣味、経済力は、全て崇高な目的のために役立てられたのである。他人の慈善活動に干渉することもなく、ルーシーは皆にとって輝かしい手本となった。ルーシーの時を得た援助は勤勉な貧しい人々への刺激となり激励となった。そしてルーシーが黙々と着実に活動し続ける姿は、富める者たちの同情心に強く訴えかけた。ルーシーは死に臨《のぞ》んでいる人々からは感謝と祝福を受け、富と社会的影響力を持つ人々からは称賛された。ひそかにルーシーに倣《なら》う者も多かったが、それは彼女の知るところではなかった。

オーラ・メルヴィルの婚礼が近づいた時、ルーシーはこの祝い事をどのような形にするのが良いか一心に案を練《ね》っていた。門出する二人を自分たちの幸福の守護者であると長年考えてきた、土地の人々の思い出に残るような素晴らしい結婚式にしたいと願った。マシューズ夫妻とキャベンディッシュ老嬢も、古き良き時代のやり方でこの結婚を祝うことに大賛成であった。その昔、貧しい人々は、自分たちを保護し援助してくれる紳士階級を尊敬しただけに留まらず、彼らの家庭内の事柄にも我が事のように興味を示し、その不幸をともに悲しみ、その名声と幸福を自分たちの喜びとしたのであった。

エドワード・エーンズリーもこのような計画を進めていくことに異存はなかった。こうして結婚式の準備は招待客の目を眩《くら》ませるよりもむしろ、招待客に関心を持たせ、喜ばせようという目的でなされたのであった。婚礼の装いは華美を避けた清楚なものであった。花婿エドワードと彼の親族の馬車と馬はリボンで飾られ、結婚式が行われる教会は、ルーシーの学校の生徒たちによって準備された花と常緑樹で飾られた。生徒たちは列を作って行進し、笛と太鼓の音に合わせて緑の草の上で踊った。結婚式を見るために教会につめかけた村人たちは、牧師館で結婚式のケーキを振舞われた。さらに以前ルーシーの誕生日に招待された貧しい人々は、今度はルーシーの友人の結婚式で前に劣らぬたっぷりとした、趣向を凝《こ》らしたご馳走《ちそう》でもてなされたのである。

幸福な祝祭の長い夏の一日が賑々《にぎにぎ》しく暮れていった。夜も更けて、満月が教会の塔の後ろから昇り、丘と谷、小川と木立の上に静かな光を注いだ。それでも音楽は鳴り止まず、上機嫌の客たちの陽気な笑い声がパーラーや広間に響いていた。

ルーシーほど感慨深く、この日を楽しんでいる人はいないようであった。ルーシーは女性が幸福になる秘訣をすでに学んでいた――それは、他人の幸福を楽しむことである。利己的な満足はルーシーの関心事ではなかった。ルーシーは結婚式の準備の段階から心を込めて支度《したく》に取り組んだ。友人に恩を着せたり、派手な出し物で招待客を驚かしたりすることを避け、参加する全ての人々が心から楽しめる祝宴を目指したのであった。その甲斐《かい》あって当日は大成功に終わった。真の喜びに溢れたこの結婚式に参加した人々の中で、最も満ち足りた思いに浸《ひた》った人は、準備に勤《いそ》しんできたルーシーその人であった。

翌朝、エドワードと新妻オーラが北部のカンバーランドに出発する時、ルーシーは家族と共に二人に優しく別れを告げた。そして、平静で穏やかな心でいつも通りの慈善の仕事に戻ったのである。人生のいかなる時も、正しく事を運ばれる神への深い信頼は終生揺るぐことなく、ルーシーの生涯をかけがえのない真珠のように全《まった》きものとした。

第21章　結び

前章の出来事の後、特筆すべきこともなく七年が過ぎ去った。この物語の登場人物たちは、これまで通り歴史の片隅で平穏な幸せを楽しんでいた。従って、筆者はこれよりも後のことを記して、この物語を終えることにしよう。

クリスマス休暇の季節であった。エドワードと美しい妻オーラと二人の愛らしい子供たちは、父ロバート・エーンズリー卿の家に滞在していた。彼らはある夕べに牧師館を訪れた。レディー・メアリーもまたそこにいた。メアリーは亡夫の財産の残りから身分にふさわしい生活を支えるに十分なものを取り戻していた。そして、常に彼女の教師であり指導者であったマシューズ氏の家に身を寄せていたのである。そこはメアリーにとって唯一の安住の地であった。

マシューズ牧師は今や急速に老境に入りつつあったが、その善良さは徳高き者の鑑《かがみ》であった。牧師の妻は昔のままの落ちつきと人当たりの良さを具えていたが、動作は緩慢《かんまん》になっていた。そして、キャベンディッシュ老嬢はいまだに堂々とした佇《たたず》まいを保ち、話せばしっかりとしてゆるぎなく、温和な姉と好対照をなしていた。

最後になったが、今、牧師館の暖炉の周りに賑《にぎ》やかに集まっている人々の中で、最も人目をひく人物はルーシー・ブレイクニーであった。ルーシーの美しさは往年の悲しみにも損なわれることなく、慈善の職務を生き生きと行うことによって保たれ、成熟し、多くの女性の手本となっていた。頬と額あたりの肌の美しさ、豊かに波打つ金髪と均整の取れた姿は臈《ろう》たけていた。だが、ルーシーの美しさの源はその人格と知性にあった。内面の美はルーシーの目を通して語られ、身のこなしや容姿ににじみ出て、人々をして、「この人こそ、造物主の意に叶《かな》った作品、御手《みて》によって祝福され、善しとされた傑作である」と確信させたのである。

牧師は、三人の孤児がふたたび彼の屋根の下に集《つど》い、この先何の心配もいらないほどの心映《こころば》えで、この世の恵みを享受しているのを見て喜んだ。

「言葉では言い尽くせない」牧師は言った。「私が天国に旅立つ前に、あなたたち三人に会えて、どんなに嬉しいことか！　長い間の願いが叶《かな》った今、私はあなたたちに祝福を与え、安心してこの世を去ることができる」

「いいえ、牧師様、再会を一番喜んでいるのは私達ですわ」オーラが言った。「牧師館に帰って来ると、ここで過ごした心温《こころあたた》まる団欒《だんらん》の日々が次々に思い出されます。こうしてお目にかかれて何より嬉しかったのは、懐かしい皆様が健康で楽しく暮らしていらっしゃることですわ。でも、田舎家に住んでいた村人たちはどうしているのでしょう? ブランドフォード老軍曹は健在でしょうか?」

「健在そのものだよ」牧師が答えた。「相変わらず身振り手振りで、勇ましく戦った時の話をしているよ」

「それで、あなたが見つけて世話をなさった、あの貧しい家族の方はどうですか、レディー・メアリー?」オーラがたずねた。

「元気でいます。まじめに働いて幸せそうですわ」レディー・メアリーは少し顔を赤らめて答えた。

「学校はどうですか、ルーシー?」エドワードがたずねた。「学校経営は慈善活動がもっとも有効に生かされる分野だと思います」

「多少なりとも良い成果をあげたと思うのですが……」とルーシーは答えた。「今までかなりの卒業生が世の中で立派に役立つ人物になりました。現在結婚している者もいれば、イギリスの様々な地方で教育に携《たずさ》わっている者もいます。最近、特に嬉しかったのは、社会的に成功したある優秀な生徒が私達を訪れ、この学校がずっと続くようにと、多額の寄付をしてくれたことです」

会話が少し途切れた後、マシューズ氏はここにいない友人の消息も聞きたいという願いを口にした。

「今日、アメリカから手紙が届きました」エドワードは言って、ポケットから手紙を取り出した。そして、ルーシーの方を物問いたげに見た。

「どうかお読みになって下さい」ルーシーは言った。

それはフランクリン夫人からの手紙であった。それには、夫人がニューヨークから少し離れたデラウエア川の岸辺に美しい屋敷を購入し、そこで家族との交わりや、自然の心地よい静けさに恵まれ、とても幸せに暮らしていることが書かれていた。だが、それに続けてフランクリン夫人は、アメリカに住むようになってからある出来事が起こり、この幸せが損なわれたことも書いていた。その詳細は、夫人の手紙に聞くことにしよう。

あなたの友、私の長男フランクリン中尉は——きっと息子から何度も便りがあったことと思いますが——あれから間もなくインドでの軍務に飽きてきました。息子は自ら願い出て、スペインのイギリス軍に合流する予定の別の連隊に転属となりました。そこで息子の軍歴は、あの子の持ち前の勇敢で高邁《こうまい》な性格で一段と輝くことになりました。今、ここに一人の若い将校が私を訪問しております。この人は息子の最期となった戦闘で共に戦った人です。彼はこう言ってくれました。私の気高い息子はあらゆる戦闘で目覚しい働きをし、常に戦禍《せんか》に苦しむ人々の苦境を救ったのだと。

イベリア半島での激しい戦闘で、息子はある要塞都市の壁の突破口へと勇敢に部下を率いて突撃しました。しかし、そこで不運にも重傷を負ったのでした。イギリス軍は撃退され、数時間後に分遣隊とともにその戦場を通過していたフランス軍の将校が、残虐にも私の息子に銃剣で止めを刺すよう部下に命じました。自らも負傷して息子の傍《かたわ》らに横たわっていた戦友は、それを眼前《がんぜん》にしながら息子を守るために腕を挙げる力さえなかったのです。

その夜、嵐が町を襲い、前進してきたイギリス軍によってその場所は奪還され、二人の瀕死の将校たちは安全な場所に運ばれました。私の可哀想な息子はイギリス軍がその場所を占領後三十六時間生きていました。この間に、息子が受けた非道な仕打ちが最高司令官の耳に届きました。司令官は怒りに燃えて、負傷した二人の将校を収容した場所に駆けつけました。――息子の友人はその時の様子を次のように話してくれました。

「哀れにもフランクリン中尉は、忠実な部下の腕に抱かれて苦しい息をしていました。するとその時、最高司令官、武勲の誉れ高いウェリントン将軍が部屋に入って来たのです。フランクリン中尉が余命いくばくもないのは誰の目にも明らかでした。

『言ってくれ』ウェリントン将軍は言いました。『力を振《ふ》り絞《しぼ》って、君に非道な行為を行った悪党のことを教えてくれ。軍人の名誉にかけて一時間のうちにそいつの命でその行為を償わしてくれる』
フランクリン中尉の気高い顔がその時ほど静かで寛大な表情を浮かべたのを見たことはありません。
『その人物を特定することはできません。たとえ確信を持って言えたとしても、閣下、私は決して言わないつもりです』と、中尉は答えました。
これが最後の言葉でした。それから数分後、彼の魂は天国へと旅立ったのです」

この世には同情で和らげることが出来ない深い悲しみがある。しかし、まわりの者たちが「与えることも奪うこともできない」慰めもまた存在する。不幸なシャーロット・テンプルの孤児ルーシーは、その後の人生を通して、信仰という崇高《すうこう》な信念の力がいかなる試練の時も人間の心を支え得るという生きた証《あかし》となった。そしてまた、ルーシーは、時

ウェリントン将軍
(1769-1852)

代や観念の予測し難い変動を超えた次元を見つめることによって、清らかな思いに満たされた喜びの中に生きたのである。

友達の間では、ルーシーはめったに昔の出来事にふれることはなかった。そして、誰も彼女の個人的な悲しみと思い出の聖域に踏み入ろうとはしなかった。しかし、その悲しみに静かに耐えるルーシーの姿に人々は皆感嘆した。多様で広範囲な慈善計画がルーシーの人生を形成していた。そしてルーシーの歩むところ、神がその聖なる癒《いや》しの光を常に投げかけていた。

天国へ召される時、ルーシーの純粋な魂は肉体から解き放たれ、テンプル一族の歴史はルーシーの死で幕を閉じたのである。彼女の母シャーロット・テンプルの運命に、情熱の誘惑に一度身を委ねたことから生じた破滅を目撃した人々は、その娘ルーシーの人生に、酷《むご》く破滅的な失望から善行と幸福という豊かな果実をもたらす慈愛の力の存在を教えられたのであった。

ローソン夫人の思い出

サミュエル・ロレンゾ・ナップ

〔＊この論文は、現今の『ルーシー・テンプル』が『シャーロットの娘、または、三人の孤児たち』という題名で、夫人の死後初めて一八二八年に出版された時に序文として添えられたものである。二版以降、この序文は削除され、題名も『ルーシー・テンプル』とされた。ここに参考までに訳出しておく。年月日などに多少の違いが見られるが原文に従う。〕

ローソン夫人の生涯に起こった様々な出来事は、夫人が小説家として仕事をする上で格好の材料であった。夫人が体験したいくつかの職業もまた、夫人の作品を若い女性が生きて行く上で実際に役立つものにするために大きな役割を果した。ローソン夫人の小説は若い女性を教化し、益することを特に意図して書かれたものと思われる。

ローソン夫人は一七六三年にイギリスのポーツマスで英国海軍大尉ウィリアム・ハ

ズウェルの娘として生まれた。旧姓をマスグローヴ〔＊Francis W. Halsey の解説ではマスグレイヴ〕といった彼女の母親は、娘を生むとまもなく亡くなった。一七六九年〔＊実際には一七六三年、二八二頁の**スザンナ・ローソン年譜**参照〕の冬に、ハズウェル大尉は、ニューイングランド駐屯地への転勤を命じられ、娘とその乳母を伴って、アメリカ行きの船に乗った。ところが、その船はラヴェル島〔＊ニューイングランド沖の島〕で難破したのである。難破した船上で二日間過ごすことになった彼らは大変な苦難を経験するが、やがて海岸から救助の手がさしのべられた。ローソン夫人の人気を博した作品、『小間使いレベッカ』には、難破の生々しい描写があるが、それはこの時の記憶によるものである。

ニューイングランド駐屯地に滞在中、ハズウェル大尉はマサチューセッツの住人、ミス・ウッドワードという女性と知り合い再婚した。そして八年間ボストン近郊の小さな半島ナンタスケットにこの女性と家庭を持った。ローソン夫人は、少女時代を過ごしたその期間を、人生の中で最も幸福な時期であったと後に書き記している。ハズウェル大尉は上流階級相応の財産を持ち、気の合った地元の人々と付き合い、その地方の名士達の愛顧を受け、将校達との交際を楽しんだ。当時ハズウェル大尉には、彼の立場でかなわぬ望みはなかったのである。

アメリカ独立戦争が始まった時、ハズウェル大尉は既に三十年間イギリス政府に仕えていた。だから彼がイギリス王室の大義に固執したのは当然のことと言える。その結果、アメリカ独立革命政府によって、ハズウェル大尉は財産を没収され、戦争捕虜として拘留され、家族と共にナンタスケットの海岸地方から立ち退くように命じられたのである。その頃、彼の家には妻、娘、それに、再婚後に産まれた二人の息子たちがいた。

この時期の苦難の有様もまた、『小間使いレベッカ』に手に取るように描かれているので、この作品を読んで頂きたい。ここに特筆すべきことがある。それは当時の厳しい政策がもたらした過酷な処遇は、まだ娘時代のローソン夫人にとって辛く耐え難いものであったと思われるが、この作品の心優しい女主人公は、彼女の父や自分自身に苦難をもたらした人々に対して、少しも恨みを抱いたようには思えないということである。これらの場面を描写するに際して、ローソン夫人は親切にしてくれた人々の人間的な温かさを描くことによって、当時のアメリカの急進的愛国者達が自分達に加えた人権侵害的な行為の記憶を葬り去ったのである。そして後年ローソン夫人はその国アメリカを自分の国として受け入れたのであった。

ボストン近郊のヒンガムとアビントンでの二年半の抑留生活の後、ハズウェル大尉とその家族は捕虜交換条約によりカナダのハリファックスに送られ、そこからイギリスに向けて出航した。彼の二人の息子たちは後に合衆国海軍において著名な将校になった。

ナンタスケット半島に住んでいた時に、若き日のローソン夫人つまり少女スザンナ・ハズウェルは、米国独立革命期のかの偉大な政治家ジェイムズ・オーティス（一七二五－一八三）と知り合いになった。早期に才能を開花させたこの少女はオーティスの目に留まり、愛顧を得ることになったのである。オーティスはスザンナを「私の小さな生徒」と呼び、その時代の最も優れた教養人であった彼のくつろぎの時間を共にするよう、しばしばスザンナに求めたのである。ローソン夫人は、彼との親しい付き合いをよく思い出しては、子供時代に与えられたこの特別待遇を人生で最も誇るべき栄誉の一つと見なしたのである。

イギリスでは、また別の愛顧がスザンナを待っていた。イギリスでスザンナは、最初の小説『ヴィクトリア』を、デボンシャー公爵夫人に献じることを許されたのである。世に出るために必死で努力している若い人々へのデボンシャー公爵夫人の引き立てによって、ミス・スザンナ・ハズウェルは、彼女の身分、美貌、そして才能をもってしても、独力では決して手に入れることのできない大きな名声を得たのである。

小説『ヴィクトリア』（原文の注―『ヴィクトリア』は二巻本の小説である。その登場人物は実在の人物をモデルとしており、親孝行の功徳を女性に正しく理解させることによって、女性のモラルを向上させるように意図されている）は書簡体で綴《つづ》られ、随所に詩歌が挿入されている。物語の場面や出来事の展開はやや稚拙であり、プロットは一貫性と連続性に欠けている。しかし、登場人物の誠実で自然な描写、また、ローソン夫人の作品を常に特徴づけている純粋で高い道徳性は、彼女の作家としての将来の成功を十分に予期させるものであった。残酷な仕打ちを受けて、ヴィクトリアが理性を失って行く箇所の胸に迫る哀感、見捨てられた時のヴィクトリアの悲哀、そして、初恋の人のところに連れ戻された時の彼女の激しい嫌悪感の描写は、この才能ある女性作家の最盛期を彷彿《ほうふつ》とさせる。

デボンシャー公爵夫人がこの時期にミス・ハズウェルに与えた多くの愛顧の中で、最も重要なものの一つは、英国皇太子〔＊後に王位を継いでジョージ四世となる〕への紹介であった。このおかげで、ミス・ハズウェルつまり後のローソン夫人は父親のために年金を手に入れることができた。娘の教育に心血を注いだ結果、後援者のお歴々の注目を引くほどに娘が立派になり、それが見事に父親のために役立ったことは、父と娘の双方にとって極めて喜ばしい事であったに違いない。自らの実例によって、ローソン夫人は物語と教訓を通していつも奨励していた親孝行の価値を強固なものにしたのであった。

彼女は今や、新しい領域の仕事、才能だけでなく愛情を傾ける新たな活動分野に入ろうとしていた。彼女の最初の作品が発行されたその同じ年にミス・ハズウェルは、彼女の選んだ男性と結婚し、ウィリアム・ローソン夫人となったのである。この幸せな出来事の中にあって、ローソン夫人は、若い女性たちの友人であり、教師であるという自らに課した義務を忘れることはなかった。時間を計画的に配分し、大切に使うことによって、結婚後もローソン夫人は創作活動を続けたのである。

彼女の次の作品である『尋問者』は、ローレンス・スターン風の一連のスケッチであり、スターンの文章の美しさの多くを備えているが、彼の作品に見られるモラルの逸脱は全く見られない。『尋問者』の主人公は不思議な指輪を持っている。その指輪には、それを嵌《は》めている人の姿を隠してしまう魔力がある。この魔力を使って、主人公はロンドンの様々な場所に出入りし、多くの慈善行為をする。この作品によって読者はロンドンの生活を身近かに知ることになるが、都会の歪《ゆが》んだ描写にありがちな低俗さ、気取り、愚かさに気分を害されることはない。

この作品の後、ローソン夫人は詩集を発行し、続いて『メアリー、貞操の試練』と題された作品を書く。この作品は、本屋によって提供された原稿から取材されたもので、ローソン夫人は自分自身の作品であると主張したことは一度もなかった。

小説というものに対して、その当時の親たちは現在よりもっと強烈な偏見を持っていた。そしてミネルバ書房から出版された多くの感傷小説は、そのような偏見に十分な根拠を提供していたのである。ローソン夫人はそのような偏見の存在をよく知っており、偏見に染まった親の娘たちが、自分の価値ある助言を役立てる機会を失わないように、前作に続いてすぐ『メントリア、若い女性の友』と題した作品を出版した。それは人生における成功と幸福のために欠くことが出来ない美徳、とりわけ親孝行の美徳を取り上げ奨励する一連の物語である。ある女性の助言者が、これらの美徳を、ロンドンの上流社会に登場しようとしている娘たちに伝えるという作りになっている。その助言者とは、娘たちが幼い頃、彼女たちを家庭教師として教えていた人物である。ストーリーは明快で、文体は優れ、その中で与えられる助言は、身分の上下にかかわらず、人生の困難な義務と試練の時期を迎えようとしているすべての若い女性たちにとって極めて貴重なものである。

ローソン夫人の小説の中で一番人気のある作品、『シャーロット・テンプル』は一七九〇年に出版された。この人気作品の根拠となった話に関して、ローソン夫人は次のように述べている。「ビーチャムという名前で物語に登場してもらった女性からこの話を聞きました。私自身はモントラヴィルを個人的に知っており、現在もっとも信頼に足る筋から、ここ数年前までの彼の経歴を辿ることができます」〔原文の注―彼の経歴の主要な出来事が、『シャーロットの娘、または、三人の孤児たち』の土台となっている〕その人物の経歴は、ひとたび悪徳が成されると、時を置かず因果応報はもたらされ、表面には出なくても、栄華や繁栄のさなかにおいてさえ、罪を犯したものの良心は痛みに苛《さいな》まれることを語っている。

「平安の宿るべき心が疼《うず》く」

何千という読者の涙が、この作品の迫力溢れる哀感を立証しているのである。

彼女の次の作品、『小間使いレベッカ』は一七九二年に出版された。レベッカの生涯における重要な出来事は、ローソン夫人の個人的な経験を土台にしている。一八一四年出版のアメリカでの第二版への序文において、ローソン夫人は次のように述べている。

「レベッカは架空の人物ですが、彼女が関係する多くの場面は、真実に基づいています。レベッカが家を去る前の父と家族との場面、オシター卿の屋敷での場面、航海中の苦難に引き続いての難破、ボストン灯台の炎上、哀れな水兵の死、家族の拘禁、苦境の中で噛みしめた友情、内陸部への移送、さらに、ハリファックスへ送られ捕虜交換されたことは、一七六九年から一七七八年の間に私の身の上に起こった事実です。もっとも、被害者としてここに登場する人物は架空の人物です」

この小説が人気を博したのは当然である。レベッカは当代の小説の中で最もよく描かれている女性像だと言っても過言ではない。女性の芯の強さだけでなく、細やかな陰影、無邪気な癖、愛すべき弱点が真実味を帯びて描かれている。それは作者が女性を注意深く観察し、人間の心に通暁《つうぎょう》していることを示している。

ローソン夫人は、父方の祖父からかなりの収入源を受け継いでいた。この収入源が突然途絶えたため、夫人は財政困難の一時凌《しの》ぎの策として、劇場に出演するようになった。一七九三年にアメリカへ戻り、以後三年間ローソン夫人はフィラデルフィア劇場に出演したのである。

女優として舞台に立つ合間に、彼女は四巻本の小説『心の試練』(一七九五年)、オペラ『アルジェの奴隷』、喜劇『志願兵』、メッシンジャーの作品の改作である劇『女性愛国者』、幾つかの頌詩、劇のエピローグ等を書いた。それらは一八〇四年にボストンで他の種々雑多な詩歌と一緒に出版された。この詩集に収録されている合衆国陸軍への賛辞の詩『自由の軍旗』は、一七九五年にボルティモア市の独立義勇軍部隊の面前で、舞台からホイットロック夫人によって朗読された。

一七九六年にローソン夫人はボストンに移り、フェデラル・ストリート劇場に出演した。そして収入のために、『イギリスのアメリカ人』という喜劇を書いた。時折の歌詞や頌詩の著作は別として、これは夫人の最後の劇作であった。上記のような作品の主題の大部分は、極めて皮相なものであり、普遍性を持たず、作家としての夫人の評判を高めるものではなかった。

劇場との出演契約期間が終わると、ローソン夫人は舞台を永久に去った。そして、これまであらゆる困難な状況を切り抜けてきた持ち前の才能と誠実さ以外に、いかなる支援の見込みもないまま、女性が望み得る最も高度の技術と責任を必要とする事業、さらに言えば、最も高尚で価値ある事業、つまり、若い女性たちの教育に、ローソン夫人は乗り出したのである。彼女はたった一人の生徒から始め、一年と経たないうちに百名の生徒と、入学を待つ多くの熱心な志願者の長いリストを持つことになった。

手狭になったローソン夫人の学校は、ボストンの北にあるメドフォード市に移り、その後、ボストンの北東にあるベッドタウンのニュートン市に移った。ここに夫人は一八一〇年まで滞在して、それからボストンに戻り、以後亡くなるまでボストンに住み続けた。ローソン夫人が女学校を開校すると、夫人の女学校は合衆国のあらゆる地域からの生徒たちで賑《にぎ》わった。北アメリカのイギリス領地域や西インド諸島からの生徒たちもいた。この時期に夫人は教育科目に関する多くの著作をおこなった。特筆すべきは二冊の『地理』体系、『つづり方辞書』、『歴史練習帳』、『聖書問答』である。さらに『ボストン・ウィークリー・マガジン』を発行し、夫人は編集者・寄稿者として才能を発揮して、この人気ある雑誌の成功に大きく貢献したのである。

『模範的な妻、セイラ』、『ルーベンとレイチェル』、そして『シャーロットの娘、または、三人の孤児たち』もまた、ローソン夫人が教師としての厳しく多忙な仕事に従事している間に書かれたものである。『セイラ』は一八〇五年に『ボストン・ウィークリー・マガジン』に最初に掲載され、一八一三年に単行本として再出版された。この作品は一連の書簡体形式で書かれていて、ローソン夫人の小説の中で最も面白いものの一つである。もっともそれは『シャーロット・テンプル』ほどの人気を博することはなかった。『ルーベンとレイチェル』はこの国アメリカが舞台となっている。そのためかどうか、ローソン夫人の作品中、一番多くの幅広い読者によってこの国で愛読されてきたのである。

この『シャーロットの娘、または、三人の孤児たち』という作品は、ローソン夫人の死後、初めて出版されたものである。だから、この際この小説の性格についてここで語るのは控え、読者の判断に委ねることにしよう。

その次の作品『聖書問答』は、ローソン夫人の生存中に出版された最後の作品である。それには天地創造から救世主キリストの死に至るまでの聖書に記された聖史と人間界の俗史、さらに続いて、宗教改革の時期までの重要な教会と市井《しせい》の出来事についてのわかりやすい意見が、父と家族の間の打ち解けた会話形式で述べられている。それはローソン夫人らしい気楽な興味深いスタイルで書かれているとはいえ、周到な調査研究に基づく作品であり、中等あるいは高等学校で特に役立つように意図されたものである。

晩年、ローソン夫人は教育の仕事から引退し、未完の作品を書き上げて出版したり、ごく親しい友人達と気の置けない交際をしたり、善行や慈善の普及に費やした人生を振り返っては心を慰めることで時を過ごした。夫人は一八二四年三月二日にボストンで永眠した。享年六十二歳であった。

この国の小説家で、ローソン夫人ほど人気を博した作家はいない。『シャーロット・テンプル』に関しては、二万五千部以上が出版後、短期間で売れたのである。そして、一八二六年現在も三組のステロ版が動員され、この小説はアメリカ各地で続々と増刷されている。他の数冊の小説も版を重ねているのである。

この目覚しい成功の最大の要因は何かと問われれば、それはローソン夫人の描写が真実の出来事から直接に引き出されているという事実であろう。その次には、夫人の親しみやすい文体とその作品に一貫して流れる道徳的傾向が、アメリカの大衆に即座に受け入れられる鍵となったことがあげられる。ローソン夫人は完璧な芸術家であるとは言えないし、また、彼女の教育も高度に完成した作家に必要な資格を提供してはいなかった。芸術としての小説創作を、夫人は二義的なことだと考えていたようである。ローソン夫人の主な目的は、若い女性の花開き始めた心に教訓を与え、道徳性を高めることであった。この崇高な目的のために、ローソン夫人が用いた道具の一つが小説であった。小説を書くに当たって、夫人は日々の経験の結果から行動の実用的処世訓を引き出したのである。この目的のためには専門的ないわゆる「文筆力」というものを誇示する必要はなかった。夫人の描写は、穏やかすぎると批判された。時にその批判はもっともであるとしても、それは夫人の目的と主題の性質に起因している。批評家達は、ローソン夫人の家庭生活の描写が力強さと表現力に欠けていると責めるくらいなら、トーマス・ダウティー〔＊十九世紀の米国の風景画家。ハドソン・リバー派の創始者〕の静かな風景画には、サルバトール・ローザ〔＊十七世紀のイタリアの画家、詩人〕の荒涼とした雄大さが表現されていないと、責めたほうがよいのである。

しかし、必要な場合には、夫人は生き生きとした性格描写で人後に落ちることはなかった。夫人の哀愁に満ちた文章は、私のこの意見を正当化してくれるだろう。

上流社会の生活の特異性を示すことにおいて、ローソン夫人は特に巧みであった。レディー・オシターの母親の死後、レベッカがレディー・オシターに面会する場面は、この点における夫人の才能を示すよい例である。その場面を以下に紹介しよう。

レベッカが衣装室に入った時、レディー・オシターは仕立屋と帽子屋を相手に熱心に相談していた。レディー・オシターは、レベッカが部屋に入ってきたのさえ気付かず、夢中で仕立屋に細々《こまごま》した指示を与えていた。

「衣装は出来るだけ上品で、布をたっぷり使ったものにして下さい。でも同時に、いいですか、私は亡き母に十分な敬意を払いたいと思います。母の死は全く突然でしたの。モディリーさん、それがどれほどショックであったかお分かりにならないでしょう。私の心は、この二週間は平静に戻れませんわ。だからこそ、この種のことは人を喪に服させ、誰にも会わないようにさせるのです。それで私は町に出かけるより家にいたほうがよいと思ったのです。でも、先程から言っているように、モディリーさん、私の白の喪服はクレープでたっぷり縁取りをした見栄えの良いものにして下さい。私が外出を控えるのは二週間まで。一ヶ月か一ヶ月半もすれば、普段着に黒いクレープ飾りのついた白いモスリンの服を着るつもりです」

愛想のよい仕立屋は、レディー・オシターの注文の全てに従った。そこでレディー・オシターが帽子屋のほうを向いた丁度その時、レベッカのしとやかな姿と慎ましい顔が目に入り、彼女は驚いた。

「おや！」レディー・オシターはぞんざいに言った。「おまえは母が臨終の床で話していた娘さんね？」

レベッカは礼儀正しく頷《うなず》いたが、言葉がでなかった。

「ああ！　母はおまえにとても優しくしていたわね。心配しなくていいのよ。これからは、私がおまえの面倒を見てあげよう」

レベッカはお礼を言おうとしたが、心の動揺が激しく、おし黙ったままであった。

「おまえは洋服を見る眼があるそうね。では、私が注文した帽子について意見を言ってごらんなさい。ラブロンドさん、この娘に帽子を見せてやって下さい。さあ、どう思う？　帽子の色の濃さはこれくらいでいいかしら？　喪に服するのは嫌いだけれど、死者への敬意に欠けることはしたくないの。人は悪口を言いたがるから。そんな口実を与えないように用心しなくてはね。化粧はしない方がいいかしら？　おまえは化粧なしでも、とても綺麗だわね！　それに、おまえの淡い髪の毛と黒い服は質素だけどよく似合っているよ。おまえは誰の死を悼んでいるの？」レディー・オシターは言った。


レベッカは唖然《あぜん》とした。「何ということでしょう！」レベッカは心の中で思った。「この人が、レディー・ワージーの子供でしょうか？」

「おまえは誰のために喪に服しているの？」レディー・オシターが再び言った。

「私の父です、奥様」

「そう、おまえは父親を亡くしたの。でも、それは仕方がないことです。老人はいつか死んでゆくものだから。私と一緒にいるからには、もうめそめそしてはいけません。私はめそめそする人間が嫌いなの。でも今は私自身、母を失ってひどく落ち込んでいる。だからできるだけ気を引き立てるよう努めています。嘆き悲しんだとて、何の役にも立ちはしない。人は一度死んでしまうと、目が潰《つぶ》れるほどに嘆いても死人を呼び戻すことは出来ないからね」

「でも、私達はいつも自分の気持ちを抑えていることはできませんわ、奥様」レベッカは言った。

「そう、その通りです。確かに、私の気持ちがこんなに繊細でなければよいのにと思うことがしばしばあるわ。感受性が強すぎるというのも苦痛だわね。そうそう、名前は何と言うの？」

「レベッカと申します」

「レベッカですって？　奇妙な古めかしい名前ね！　確か、母が分厚い家庭用聖書をよく私に読ませていた頃、レベッカ某とかいう人が出てきたわ。それにしても、平民そのものの名前だわね。私なら名前を変えてしまうわ。上品な人達の間では聞かない名前だからね」

「私の名前が、奥様のお気に召さないのは残念でございます」レベッカは、レディー・オシターのばかばかしさに思わず微笑んで言った。――「でも、私はそのように洗礼名を与えられましたので、甘んじる他はありません」

「それでは、レベッカでいいでしょう。で、おまえの姓は?」

「リトルトンと申します、奥様」

「ああ、何ということ! 姓も名前も三音節とは、たいそう厄介なこと。レベッカ、私はその名前の奇妙なところが気に入りましたよ。ところで、おまえは私の家に奉公するのに異存がありますか?」

「とんでもございません、奥様。亡くなられた奥方様のご家族の方ならどなたにでも喜んでお仕え致します」

「結構! でも、私は母のように情に脆《もろ》くはありませんよ。誰にも身の回りの用をしてもらったり、本を読んでもらったりするつもりはないの。役に立つ人が欲しいのです。例えば、私のモーニングキャップを作るとか、私のモスリンの服の縁飾りをするとか。おまえ、フランス語は話せて?」

「はい、話せます、奥様。私に出来ることでしたら、どんなことでも喜んでお役に立ちたいと思います。私は怠けて生きる糧《かて》を得ようとは思いません」

レベッカの気丈な返事に驚きはしたものの、レディー・オシターは臆せず続けた。

「私には小さな息子が二人と娘が一人いますが、子供達をかまってやる暇がないの。そこでおまえに、子供達が本を読むのを聴いたり、あの子達にフランス語を少し教えてやって欲しいのよ。それに、ミス・オシターの衣服の世話を頼みたいわ。おまえはスモックを作れるの？」

「やってみればきっとできると思います。精一杯努力致します」

「よろしい。確か、母はおまえに召使と一緒に食事をさせはしなかったわね。だからおまえは子供部屋で、子供達と一緒に食事をするといい。万が一、私の小間使いが病気になったり、不調法でもあれば、私の身の回りの世話をするのに異存はないでしょうね」

「私、上手にできないかもしれません、奥様。でも、慣れないうちはお許し下さいますなら、いつでも奥様の仰《おお》せに従います」

「で、給料はどのくらい欲しいのかしら？」

「奥様がよいと思われるだけ」

「母はどのくらい支払っていたの？」

「決まった額のお給料を頂いてはいませんでした」

「そう、でも心積もりはしておきたいから――一年に十六ギニー払ってあげよう」


レベッカはこの条件を受け入れ、帽子屋と仕立屋に相談が残っているレディー・オシターの許《もと》を辞して自分の部屋に戻った。やがて、彼女はペンを取り、自分が新しい仕事に就《つ》いたこと、自分は女主人に認めて頂けるように、この仕事を見事に果たしたいことなどを母親に書き送った。

ローソン夫人の後期の小説には、同じような内容の文章が多く見られる。切迫した場面にも作意は感じられず、しかも登場人物は際立った対照を見せ、印象的に提示されている。

それにもかかわらず、ローソン夫人は熟練した作家の巧妙さをまったく持ち合わせていなかった。夫人の描写のいずれにも、効果を狙った背伸びもなければ、表現の奇を衒《てら》おうとした跡もない。それどころか、夫人の文体は素朴で分かりやすく、気取りがない。ローソン夫人は「自然の教え」に身を委ねているかのようである。そうすることにおいて、夫人は技巧と洗練が醸《かも》し出そうとしても出来ないものを達成したのである。夫人の描く女性像にはどこか無垢であどけないところがあり、彼女らの小さな欠点が無意識に丸出しにされている。これは、天性に従って描く女性作家に特有のきめ細かさであり、男性作家の観察力を超えているからである。

ローソン夫人の悲哀に満ちた文章の中で、私たちは夫人の天性の雄弁さに心打たれる。その雄弁さは、読者の心に到達せずにはおかない。苦しい状況に陥った時、ローソン夫人の描く登場人物は、今までにない気高さを帯びてくる。心の奥深いところにある感情の泉は、出口を与えられ、この作家のより静かな描写を読んでいる時には想像もつかないほどのエネルギーで外に迸《ほとばし》り出るのである。

このように自然に身を委ねることにおいて、ローソン夫人は同時代の人気作家達のずっと先を行っていたと言えるのではなかろうか。次のことを思い起こして頂きたい。この作品〔＊一八二八年に出版された『シャーロットの娘、または、三人の孤児たち』つまり『ルーシー・テンプル』のこと〕を除くローソン夫人の小説の全ては、小説という文学分野における大きな改革が、サー・ウォルター・スコットによって行われる前に世に出されていたのである。夫人は、異才ゴシック小説で一世を風靡したラドクリフ夫人とその模倣者の時代に、文学的技巧を弄するデラ・クラスカン一派の雰囲気の中で著作を行ったのである。そして、夫人の作品の幾つかは実際にそのような作品を出版していたミネルバ書房から出版された。もっとも、何が夫人の作品にそのような卓越性を与えたかを指摘するのは困難である。

小説家たちがもっぱら空想の世界で自由に物語の花を咲かせるのが主流であった時期に、ローソン夫人が登場人物と出来事を実人生から直接引き出したことは大きな功績である。また、作り物の感情とけばけばしい文体の時代において、夫人が良識、道徳性、そして真実《まこと》の信仰心に頼ったことも褒めるに値する事柄である。

最後に、私たちは、ローソン夫人の人格に言及してこの思い出の記を終わりたい。以下は、ローソン夫人との親交に恵まれた人物のペンによるものである。

ローソン夫人は、驚くほどに教師に適した人物であった。夫人の知性は、当時、女性の人格形成や精神教育に携わる仕事に従事した人々の中でも類稀《たぐいまれ》なものであった。生徒たちにとって、ローソン夫人は優しく近づきやすい教師ではあったが、一線は画されていた。その物腰は威厳こそあれ、よそよそしさや気取りはなかった。夫人の学校経営の方法は、厳格で注意深く、規律正しかったが、過酷さや猜疑《さいぎ》、気まぐれなどとは無縁であった。夫人は生徒たちの心の中の情緒の発達を、知識の蓄積と同じ比重で注意深く見守り、生徒たちが夫人の判断力を完全に信頼するように教えたのである。そして、生徒たちの想像力が人生の色彩を反映する頃、ローソン夫人は、その青春の輝く色に正しい方向性を与えるように努力した。その目的は、誘惑に抵抗する理性や確固たる決意が殆どない時に、女生徒たちが、異性に目が眩《くら》んだり、誘惑されたりしないことであった。この危《あや》うい時期の女性の心の道案内人は、忘れえぬ友人となる。「空想をかきたてる力」を持っている作家は多いが、同じ手段によって、「心を正す」力を持っている作家は殆どいない。特に、少女期特有の軽率さから、多感な感受性、そして情熱へと移行して行く時期の乙女心を正す力を持つ作家は殆どいないのである。ローソン夫人は、「魂の温《あたた》かな流れ」を厳しさによって冷やすのではなく、穏当な感情、趣味、美徳そして宗教という水路の中を流れるようにと教えたのだった。若い女性を教育してきた多くの女性教師は、ローソン夫人と同じくらい立派な生徒を輩出したと誇るかもしれない。しかし、ローソン夫人ほど多くの良妻賢母を世に出した教師はいないのである――そして、これこそ、世の中に提供しうる最も誇るべき教育の目標であると言える。夫人のもとで教育された多くの女性は、いみじくも次のように言うであろう――

私の魂は、先ず貴女という手本の光によって、
崇高な思想と気高い模倣へと燃え立ち、

今はただ貴女から流れでた輝きを映すのみ

知性と徳に欠ける母親の子供は決して大成しない――最初の教育が将来の人格を決めることが多いからである。何を目指したものであれ、教育は一般に考えられている以上に育児の段階で大きくものを言うのである。

ローソン夫人は勤勉の模範であった。賢明に時間を配分することによって、夫人は友人たちを訪問し、生徒の世話をし、娯楽と教育のための多くの著作をする機会を作った。それにもかかわらず、夫人は心配事や仕事で急《せ》き立てられているようには見えなかった。計画性によって、仕事と趣味を程よく調和させ、たとえ仕事に忙殺されていたとしても、それは外からは分からなかった。疲労困憊《ひろうこんぱい》していたとしても、周囲の者は気付かなかった。ローソン夫人が生涯の大半において病弱であったことを思うと、このことはなおさら素晴らしい。夫人は、学校の管理や家事全般にわたって、綿密な計算をする節約家であった。善良で勤勉な主婦は、この勤勉と節約の奨励者、ローソン夫人を訪問するたびに、自分の仕事についてより多くのことを学び、料理の知識に関する自分の蓄えを増やしたのである。台所仕事の理論と技術は、夫人にとっては趣味も同然で手慣れたものであった。夫人が誇りにしている技能は何かと問われれば、それは家事の知識であった。

ローソン夫人は会話の名人であった。夫人の話し方には、気取りや、学者ぶったところは見られず、かと言って、ありふれた陳腐な話はしなかった。会話のやりとりにおいて、夫人は会話を主導するというよりもよい聞き手であった。そして、学者や教養人が興味を持つほとんどの話題に通暁《つうぎょう》していた。夫人は常にしっかりとした意見を持っており、それを控え目に主張した。夫人は巧みな雄弁さをもって説得した。しかし、討論をして自分の意見を押し通すことはなかった。夫人は反対意見には辛抱強く応対したが、口論からはすぐに引き下がった。相手を立て、穏やかに、公正に自分の考えを道筋を立てて話し、完璧な勝利を収めたが、反対者は夫人の面前で敗北を喫したという無念を自覚しなかった。

ローソン夫人は、真にイスラエル〔＊キリスト教徒〕の母であった——夫人の慈善行為に終わりというものはなかった。派遣されたメイドや年季奉公に出された孤児たちは、夫人の恵みに感謝した。身寄りもなく世間に放り出された人々は、夫人から親の愛情、優しさ、そして世話を与えられた。夫人の慈善は一瞬の気まぐれな行為ではなく、長く続き、親切で、無くてはならぬものとなっていった。未亡人とその子らは、彼らのために注がれたローソン夫人の慈愛に満ちた努力を忘れることはないであろう——夫人は、母子家庭を救済するための慈善協会の会長であった。長年の間、夫人の財力、ペン、そして寄付集めの力は彼らへの奉仕のために使われた。冬の冷たい風、崩れかけた小屋、そして、貧窮した子供達は、彼らのためにローソン夫人が示した熱意と正しい判断力を一番良く知っている。さらに彼らは、不幸が絶えることなく涙の乾かぬ場所へ夫人がそっと入って行き、幾度となく慰めと安らぎをもたらしたかを証言することができるのである。

ローソン夫人は天才特有の情感豊かな性質をもっていた。感じ易い胸の鼓動を理性で抑えることができず、あるいは信仰による希望で静められない時には、世の中の悪はその胸に押し寄せ、血を流し、破ってしまうこともある。いかに用心深く歩もうとも、私たちの行く手には常に悪が待ち受けている。どんな人も、この悲しい世の中に人並みの年まで生きれば、親しい友人の数は生存者の中よりも死者の中に多くなるのである。人生を取り巻く黒雲にかかる虹を懸命に描き続け、描く端からその生き生きした色彩が褪《あ》せていくのを見続けて幾星霜、さしもの強烈な想像力も生きる営みについて考えることに倦《う》み、現世から目を逸《そ》らして立ち尽くし、天界をじっと仰ぐ。やがて幕は下り、ドラマは永遠の終局を迎える。

スザンナ・ハズウェル・ローソン
（1762–1824）

スザンナ・ローソン年譜

一七六二　二月二十五日イギリス、ハンプシャー州、ポーツマスで英国海軍大尉ウィリアム・ハズウェルの一人娘として生まれ、スザンナ・ハズウェルと命名。母スザンナ・マスグレイヴ・ハズウェルは産後まもなく亡くなる。

一七六三　ハズウェル大尉が英国税関の収税官としてアメリカに赴任するためスザンナは親戚に預けられ、イギリス、ポーツマスに残る。

一七六五　父はマサチューセッツ州ボストン近郊のナンタスケット（Nantasket）に定住、レイチェル・ウッドワードと再婚。

一七六六　父が迎えにきて、アメリカに行く途中ニューイングランド沖のラヴェル島で難破するが救助され、ナンタスケットで牧歌的幼年時代を過ごす。

一七七五　アメリカ独立戦争の勃発で家族の財産が没収されマサチューセッツ州ヒンガムに収容される。

一七七七　家族はマサチューセッツ州アビントンに移される。

一七七八　ハズウェル大尉の嘆願が認められ、家族はノヴァスコシア州ハリファックスに送られ、捕虜交換でイギリスへ送還される。

一七八六　書簡体小説『ヴィクトリア』（*Victoria*）出版。ロンドンでウィリアム・ローソンと

一七八八　結婚。

一七八九　詩集『パルナッソスへの旅』(*A Trip to Parnassus; or, The Judgment of Apollo on Dramatic Authors and Performers*)を匿名で出版。小説風の物語集『尋問者』(*The Inquisitor; or, Invisible Rambler*)『四方山詩集』(*Poems on Various Subjects*)出版。小説『メアリー』(*Mary; or The Test of Honour*)匿名で出版。

一七九一　小説風の物語集『メントリア』(*Mentoria; or The Young Ladies' Friend*)出版。小説『シャーロット』(*Charlotte. A Tale of Truth*)出版。

一七九二　小説『レベッカ』(*Rebecca, or The Fille de Chambre*)出版。夫の事業倒産、スザンナ、ウィリアム、義妹シャーロットはエジンバラの舞台に立つ。トマス・ウィグネルに会いフィラデルフィア行きに同意。

一七九三　トマス・ウィグネル一座と契約しフィラデルフィアに到着。折しも黄熱病の流行で一座はアナポリスに移動。

一七九四　フィラデルフィアへ戻る。戯曲『アルジェの奴隷』(*Slaves in Algiers*)最初のアメリカ版『シャーロット』(*Charlotte. A Tale of Truth*)出版。

一七九五　小説『心の試練』(*Trials of the Human Heart*)笑劇『志願兵』(*The Volunteers*)出版。

一七九六　ボストンのフェデラル・ストリート劇場と契約。ボストンへ移動。

一七九七　喜劇『イギリスのアメリカ人』(*Americans in England*)を最後に舞台を降り、ボストンでヤング・レディーズ・アカデミーという寄宿女学校を開設。

一七九八　ワシントンの誕生日を祝う歌を献呈。小説『ルーベンとレイチェル』（*Reuben and Rachel; or, Tales of Old Times*）出版。

一七九九　ジョン・アダムズ大統領の誕生日頌歌を書く。

一八〇〇　詩「ジョージ・ワシントンを偲ぶ弔辞」を書く。学校をマサチューセッツ州メドフォードのより広い場所に移す。

一八〇二　ボストンのフランクリン・ホールで学生発表会を初めて開催。「ボストン・ウィークリー・マガジン」のコラム寄稿委員。夫とともにアメリカに帰化。

一八〇三　学校をマサチューセッツ州ニュートンに移す。小説『誠実』（*Sincerity*）を「ボストン・ウィークリー・マガジン」に連載。

一八〇四　詩集『雑詩集』（*Miscellaneous Poems*）出版。

一八〇五　教科書『要約世界地理』（*An Abridgement of Universal Geography*）出版。

一八〇七　教科書『つづり方辞書』（*A Spelling Dictionary*）出版。学校をボストンのワシントン・ストリートへ移す。義妹メアリー・ハズウェルを学校経営の手伝いに雇う。

一八一一　朗読集『若い女性への贈り物』（*A Present for Young Ladies*）出版。学校を広い場所ボストンのホリス・ストリートへ移す。

一八一三　小説『セイラ』（*Sarah, or The Exemplary Wife*）出版。

一八一八　教科書『若者のための地理入門書』（*Youth's First Step in Geography*）出版。

一八二二　健康上の理由で学校経営から身を引く。教科書『父と家族の聖書の対話』（*Biblical Dialogues Between a Father and His Family; Exercises in History, Chronology, and Biography*）出版。

一八二四　三月二日六十二歳でボストンにて永眠。

一八二八　小説『シャーロットの娘』（*Charlotte's Daughter; or, The Three Orphans*）が死後出版される。後に『ルーシー・テンプル』（*Lucy Temple*）と改題。

ボストン旅行覚書「ローソン夫人の跡をたずねて」

――平成十七年八月一日朝、広島発、十日間の旅――

山本典子

〈平成十七年八月一日　月曜日〉

五時起床、手荷物の最後の確認をしていると、駅まで車で送ろうと主人も早々と起き出し、六時に家を出て広島駅着六時半、八時の「のぞみ」を七時に変えてもらって関空着九時半。ノースウエスト機に乗るのに十分な時間があった。

デトロイト、折からの厳戒体制で入国手続きに恐ろしく手間取り、乗り継ぎ時間が十五分位になった。うんざりするほど長いコンコースを、リュックを背負い、荷物を引っ張って、動く歩道を走る。

ボストン時間八月一日午後三時半、日本を発っておよそ十五時間後、ボストンのローガン空港着。ボストン・クインシー・ハウスのM青年が迎えに来る。ボストン・クインシー・ハウスは日本人経営のプチホテル、つまり民宿だ。こぢんまりしているけれど、細やかに心配りされた、華やかさの感じられる室内だ。小さな庭はバーベキューが出来るようになっていて、紅や白の鉢植えのペチュニアやインパチェンスがいっぱいに咲き乱れている。

部屋に入って荷物を開くまもなく、M君がやってきた。車の中で話していたナンタスケットへ連れて行ってくれるという。

ナンタスケット

五分後ヒンガム、ナンタスケットへ向かう海岸沿いの道路を走る。中流の別荘風住居が続く。なかなかの景色である。

ナンタスケットは『シャーロット・テンプル』の作者ローソン夫人が幼年時代を牧歌的雰囲気の中で過ごした思い出の場所だ。半島沿いに美しい砂浜が続く。東海岸特有の三階建のこぢんまりした住居がぎっしりと並び、当時の面影は偲ぶすべも無い。牧歌的な自然は夕日と海だけであろうか。それでも夕日に映える半島や、家々や、海は、人々の営みを連想させ、長閑《のどか》で美しいものであった。

ボストン・クインシー・ハウスに戻り、それから薄暮の中、夕食を調達に近くにあるというスーパーに行く。行けども行けども、それらしきは無く、線路の向こうにスーパーを見つけたが、目的の店とは違っていた。帰りは真っ暗で、案の定、道に迷ってしまった。帰宅するのに十五分もかからぬところを、暗闇の中、一時間くらいかかった。

〈平成十七年八月二日　火曜日〉

六時起床、七時朝食。味噌汁と焼き魚の純和食だ。

午前中の一仕事は一週間地下鉄とバス乗り放題のパス（visitor's passport）を買うことであった。ニューヨークと同じつもりで、地下鉄の駅に行けば買えるかと思っていたら、とんでもない。駅員自体がどこで買えるか知らないのだ。反対方向の駅を教えられ、逆戻り、結局三回地下鉄を乗り換えて、ボストンコモンのインフォメーションで買うことができた。一時間半を無駄にした。

ガバメントセンター駅で下車、出るとその建物はオールドステートハウス（旧州議会議事堂）であった。一番名前が出てくるのはサムエル・アダムスとジェームズ・オーティスであった。「代表なくして課税なし」はアダムスだったか……ジェームズ・オーティスはナンタスケットで少女時代のスザンナを‘my student’と呼んで可愛がった人物である。

いよいよボストン市内探索、まずスザンナ・ローソンが活躍したフェデラル・ストリート・シアター跡を訪れる。劇場跡の痕跡もなく、銀行やレストランなどの入った高層ビルになっていた。それでも写真に撮る。

あちこち歩いてクインシーマーケットへ。ロブスターのつもりが、クルマエビ？のボイルしたものだった。ロブスターは絵だけだった。

四時半頃、疲れて帰ることにする。レッドラインに乗り、ノースクインシーへ。

到着したが、さてどちらの出口から出るのか分からない。教えられた方向に出るとどうも様子がおかしい。駅に戻り駅員にたずねると反対出口であった。これがミソの付き始め。

プチホテルはビリング・ロードにあるのだが、ビリング・ストリートという場所もあるらしい。住所を見せたのだが、見た人が勘違いしたらしく、ビリング・ストリートの住所のところに行って、やっとビリング・ロードの間違いと分かり、反対方向へ。同じような家が並び、何度も道行く人に尋ねる。道路端に座っていた二人の悪童にも尋ねた。八歳くらいか。悪がきの外見の割にはてきぱきと教えてくれた。礼を言って立ち去ろうとすると、

"Hey, Ma'am, you must give us something."

"Something? What do you mean by something? You mean some money?"

"Yea, we told you the way, so, so, something, one dollar or..."

"OK, I'll give you some for your kindness. How much do you want?"

とたんに目を輝かせて、一ドル、いや二ドル、三ドル、五ドルと吊り上げてくる。

"I see. I'll give you 2 dollars."

"Oh, no, 5 dollars, Ma'am."

"No, 2 dollars is enough. Here you are. Thank you for telling me the way. Bye."

一ドルで十分と思ったけれど、二人いたので奮発して二ドル与えた。後ろのほうで、しばらくギャーギャーギャー騒ぐ声が聞こえていた。程なくボストン・クインシー・ハウスに着いた。

〈平成十七年八月三日　水曜日〉

朝十時頃、M君がウエストロクスベリー（フォレストヒルズ墓地、ブルックファーム跡）やコンコード、セーレムなどの訪問の打ち合わせに来る。愛想はあまりよくないが、誠実そうだ。少し理屈っぽい。「フォレストヒルズ墓地は同名の地下鉄駅があるので、墓所を探す

のにも時間がかかるかもしれないので、なんだったら一人で行って駅から歩いてもいい」と言うと、目を丸くして口を尖らして、ガイドブックと実際は大違いだ、「アメリカでは都会は別として、郊外の歩道なんぞ、歩いている人はいませんよ」と、あきれる。私だってこの炎天下歩きたくはない。

明日（四日）フォレストヒルズ墓地、ブルックファーム跡へ行くことにする。「墓地は日本と違って広大なんですよ」と警告して、果たしてスザンナ・ローソンの墓石が見つかるかどうか不安がる。五日、六日とコンコード、セーレムに行くことにする。

打ち合わせが済んで、十時半ごろボストン・クインシー・ハウスを出て、レッドラインに乗り、パークストリートでグリーンラインに乗り換え、ボストン美術館前で下車。過去二度ほど訪れたことのあるボストン美術館は疲れるので素通りして、その斜め前方にあるイザベラ・スチュワート・ガードナー美術館（Isabella Stewart Gardner Museum）を訪れる。その古めかしい建物は小さなお城のよう。中庭を囲んで、さまざまなフロアが有り、鑑賞に疲れると、中庭の木々や花々に心が癒される。ちょうどニューヨークのフリック美術館（the Frick Collection）のようだ。

その後、グリーンライン、コプリー駅で下車すると、目の前にボストン公共図書館（Boston Public Library）、コプリー広場（Copley Square）、その向こうにトリニティー教会（Trinity Church）、その教会の姿を鏡のように映しているジョン・ハンコック・タワー

(John Hancock Tower) が聳《そび》え立っていた。まずは、ボストン公共図書館に入る。ニューヨーク公共図書館（New York Public Library）も立派だったが、ひけをとらない。日本の図書館の軽さにため息が出る。

グリーンライン、コプリー駅からガバメントセンター駅で下車、馴染《なじ》みの風景だ。キングスチャペルとキングスチャペル墓地を眺めながらスクール通りを歩いていくと、十年前に半月ばかり中学三年生だった娘の久美子と一緒に家族でアメリカ旅行をした時、五日間滞在した懐かしいオムニ・パーカー・ハウス・ホテル（Boston Omni Parker House Hotel）が目の前にあった。向かい側の旧市庁舎（Old City Hall）の前庭に建つベンジャミン・フランクリン（Benjamin Franklin's Statue）に敬意を表する。ついで十九世紀の文人達がよく語らいあったオールドコーナー書店（Old Corner Bookstore）を探す。何のことはない、すぐ先の大きな大衆向け本屋グローブストア（The Boston Globe Store）がそれであった。

ベンジャミン・フランクリンの銅像

〈平成十七年八月四日　木曜日〉

九時半、M君の車に乗ってウエストロクスベリーに向かう。まずはナサニエル・ホーソーンの長編『ブライズデイル・ロマンス』の舞台になったブルックファーム跡を探す。M君がカーナビに電話番号を打ち込む。地下鉄では見られない東海岸の郊外住宅地を走る。木々の緑に囲まれた三階建てのニューイングランド独特の落ち着いた佇《たたず》まいである。中流の白人の居住区と聞く。物心ともに豊かなアメリカを感ずる。二十五分位で急に速度が落ちた。目的地に近づいたらしい。現在は「ブルックファーム・リハビリテーション」という老人施設になっているということだが、それらしき名前は見当たらない。しかし、その場所には確かに老人施設があった。数人の年寄りが車椅子に乗せられて玄関の辺りにいた。面する広い道路の反対側には原野が広がっている。そちらのほうがブルックファーム跡らしく見える。幾枚か写真を撮ってフォレストヒルズ墓地へ向かう。十五分も走ったろうか、幅四十メートル位の大きな表門が見えてきた。その奥に起伏に富んだ広大な公園墓地が見える。門の手前にある墓地事務所でスザンナ・ローソンの墓所を尋ねると、すぐに調べてくれ、地図代一ドルを払って、案内地図をもらう。ただし、その墓所は墓石だけで、遺体は途中でほかの場所に移されたそうである。よく管理され、さまざまな墓石や彫刻、彫像のある溜息が出るほど美しい墓地である。思い思いに意匠を凝らした墓所が立ち並ぶ、いくつもの小さな丘をくねくね曲がりながら進んでいくと、写真で見覚えのある墓石が車の左手前方に見えてきた。昨年の夏、ニューヨークのトリニティ教会墓地でシャーロット・テンプルのお墓を見つけたときと同じ胸の高まりを感ずる。作者との沈黙の出会い。スザンナ・ローソンの墓所にバラの花一輪を供える。

ここまでで、まだ十一時半だ。M君がコンコードへ行ってはどうかと言う。願ってもないことだ。M君、旧牧師館（The Old Manse）の電話番号をカーナビに打ち込む。三十分位でコンコードの旧牧師館に着いた。車は本当にありがたい。入場券を買うと四十五分のツアーだった。中で写真も撮れず、ろくに見るべきものもないのに四十五分はかなわないと、以前に一度来て説明は聞いており、連れが車で待っているので、簡単に回らせてもらえないか頼むと、奥から若い女性が出てきて、一緒につ

フォレストヒルズ墓地正面

ローソン夫人の墓所

いて行ってくれた。ホーソーン夫妻の新婚当初の窓ガラスへの落書き（“Man’s accidents are God’s purposes...”）をよく見たかった。それでも二十五分位かかった。

　次にスリーピー・ホロー共同墓地（Sleepy Hollow Cemetery）に向かう。

　フォレストヒルズ墓地に比べると広さはともかく、極めて慎ましやかな墓地である。文人の墓所は事務所に行かなくても、すぐに標示が見つかった。エマソン（Ralph Waldo Emerson）、ソロー（Henry David Thoreau）、ホーソーン（Nathaniel Hawthorne）の名前の前に矢印がある。ソローの大きな墓石がすぐ見つかった。次いでエマソン一族の大きな墓所、肝心のナサニエル・ホーソーンの墓石が見つからない。引き返す途中で、ルイザ・メイ・オルコット（Louisa May Alcott）の小さなお墓を見つけた。すぐ近く、ソローの向かい側のほうにホーソーン一家のこぢんまりした墓所があった。お参りして、写真を撮ってウエイサイド邸（The Wayside）に向かう。途中エマソン邸（Ralph

Waldo Emerson Memorial House）とオルコットゆかりのオーチャード・ハウス（Orchard House）があった。

三時半ごろ帰宅。今日と明日の車代として百五十ドル渡す。M君、恐縮。

一休みして近くのスーパー、ビクトリーへ行く。帰る途中魚屋でロブスターのフライを買った（八ドル）のだが、帰って袋を開けてみるとフィッシュ＆チップスであった。文句を言いに行く元気もなく、憤慨しながらワインとともに食べる。

七時ごろM夫人が息子にバイトをさせてもらって喜んでいますと、お寿司とワインを差し入れてくれた。

ナサニエル・ホーソンの肖像

〈平成十七年八月五日　金曜日〉

朝九時半、M君の運転でセーレムへ。時間は五十分位か。車中、M君、中国人の巧みな世渡りと結束、日本はどうなるのか、アングロサクソンのしたたかさについて独自の意見を展開。しばしば理解しかねるところもあったが、おかげであっという間にセーレムに着いた。

車をパーキングに入れて市中央にあるピーボディ・

エセックス博物館（Peabody Essex Museum）に行く。「ここの日本関係の展示は大森貝塚や弥生土器を発見したエドワード・モース（Edward Morse）の大量の収集品があってすばらしいから、一緒に見ましょう。日本でもなかなかお目にかかれないようなものが沢山ありますよ」と、M君を引っ張って、入場券を二枚買う。その上、ここにはナサニエル・ホーソーンの部屋があり、さまざまな肖像画や写真が展示してあるのだ。が、しかし、ない。多くの絵画に混ざって、一番ハンサムなホーソーンの肖像画が一枚あるだけだ。なんということだ！

M君曰く、「中国ですよ、中国。ホーソーンも追い出されたのですよ。中国展のため展示してないのですよ。そうに決

セーレムの旧税関

まっています」二十四ドルも払って、なんということだ。日本関係の展示物も前回来たときに比べると四分の一くらいになっている。建物は新しく大きくなっているというのに！

次に、「魔女の家（Witch House）」に行き、ついで税関（Custom House）、セーラム・マリタイム国立歴史地区（Salem Maritime National Historic Site）を外から撮影、「七破風の家（The House of Seven Gables）」へ行く。中を見るにはツアー（五十分）に参加しなければならず、一時間くらいM君に待ってもらった。所々に隠し階段があったり、破風の隅々まで小部屋があり、まるで忍者屋敷のようだった。豪華な部屋があったり、ヘプティバ婆さんの

ジョン・ハーバードの銅像

店があったり、前回見ていなかったので、今回見てよかった。今日の予定は終了。まだ午後三時四十分だ。

帰りはボストンで降ろしてもらった。チャイナタウンに行ってみようと思ったのだが、クインシー・マーケットで少しお昼を食べて歩き始めると、ガバメントセンターの広場で、突風と土砂降りと雷に襲われた。びしょ濡れになり、動きが取れず、ビルの陰に避難するが、立っていられなくてしゃがみこむ。少し和らいで、大急ぎで近くの地下鉄駅に飛び込み、レッドラインで帰宅。ノースクインシー駅に着くと、バス停の字が見え反対側に降りる。ちょうどビリングロード行きのバスがいた。飛び乗って、住所を言うと

ワイドナー図書館

フォッグ美術館

M邸の目の前で降ろしてくれた。災難の後の何という幸運！

〈平成十七年八月六日　土曜日〉

M君に車で運んでもらった御蔭で、懸案事項はすべて片付き、今日から三日間は自由行動。余裕があればと思っていたケンブリッジ（Cambridge）、ハーバード大学（Harvard University）の美術館を訪れることにする。レッドライン一本で行ける。ハーバード駅で降りて、地上に出ると大学へ入る小さな門がある。このようなのが各所にあって、大きな正門というのはないらしい。この門を入ると正面にジョン・ハーバードの坐像（The Statue of John Harvard）がある。記念教会（Memorial Church）を左に、ワイドナー図書館（Widener Memorial Library）を右に見ながら、芝生の中の小道を通り、裏門を抜け、通りを横切ると、フォッグ美術館、ブッシュ・ライジンガー美術館、サックラー美術館（Fogg Art Museum, Bush-Reisinger Museum, Arthur M. Sackler Museum）がある。ブッシュとサックラーは同じ建物で、道路を挟んで二つの建物になっている。両館とも入場料は無料であった（旅行ガイドで調べるとたまたま土曜日午前中は無料なのだった！　ラッキー）。古今東西の美術品が蒐集されていて見応えがあった。ピカソ（Pablo Picasso）やゴーギャン（Paul Gauguin）、ゴッホ（Vincent van Gogh）の若い頃の写実的な絵画も見られ、アメリカの画家、コプリー（John Singleton Copley）やサージェント（John Singer Sargent）の作品も沢山あった。

二時半頃までケンブリッジにいて、ボストンのチャイナタウンへ行くことにする。

ダウンタウン・クロッシングでオレンジラインに乗り換え、チャイナタウンで下車。あまり人通りもなく、店は薄気味悪く入る気がしない。そのまま突っ切ってサウスステーションへ向かい、レッドラインに乗って帰宅。帰途、スーパー、ビクトリーに寄る。わかめを沢山入れたカップラーメンを食べ、一休みした後、水を補給しに台所に行くと、M夫人に会う。今日の話のついでに、留学中の夫を三十年前に訪れた時、ハーバードでは日本語が良く聞かれたのに、今日は電車の中でも、ケンブリッジでも聞かれるのは中国語ばかりだと言うと、そこから話が弾《はず》み二時間近く四方山話をした。

中国パワー。チャイナタウンの作り方、作ろうとする地区を中国人だけにするためのしたたかなやり方。医者や弁護士やすべてを自前で賄《まかな》い、白人に付け入る隙を与えないこと。白人アングロ・サクソンの冷徹さ、日本人のお人好しというか、すぐ騙《だま》される馬鹿さかげん、等々。経験からきた悔しさであろうか、熱が入る。今に日本は外資に乗っ取られるだろうと嘆く。

M君がナンタスケットを気に入って、本気で物件を探しに行っているとか。

〈平成十七年八月七日　日曜日〉

M君に車で運んでもらったお蔭ですべての懸案事項が片付き、朝一時間くらい『ルーシー・テンプル』をチェックしてボストン美術館に行く。時間がかかるので敬遠していたが、やはり一日がかりだった。今回はゆっくりと時間をかけ、一通り全部見て、ミュージアム・ショップで買い物を済ますと五時を回っていた。以前来たときよりも展示がゆったりとしているようだ。建物も広くなり、内装もきれいになっていた。アメリカ関係を特に念入りに見た。

〈平成十七年八月八日　月曜日〉

今日がボストン滞在最後の日になる。明日は朝九時にクインシーハウスを出発してローガン空港に向かい、デトロイトで乗り換え、いよいよ日本へ帰る。

ろくに買い物もしていないのでショッピングに出かける。レッドラインのチャールズ駅で下車、チャールズ・ストリートのアンティークの店に入り、一九三〇年代のジャンセンのブローチと小物を買う。計五百五十ドル。気に入って買ったのだが、高い買い物をしたような気がする。

次にダウンタウン・クロッシング（レッドライン）に行き、メーシーズ・デパート（Macy's）に入る。日曜なのにあまり客がいない。ブローチを二個買って、向かいのファイリーン（Filene's）に行く。ここは人がごった返していて、それは賑《にぎ》やかだ。ものが多く、やたらに安い。結構ブランド物もある。安い！　母にパシュミナの黒のストールを買う。主人にブランドのネクタイを二本。そして帰宅。三時半。

五時半頃、部屋から出た所でM夫人と出会う。買い物の話などすると、コーヒーでもどうぞということになり、話がいろいろ弾み、結局、「ふじ」という日本料理店からお寿司を取ってくれ夕食をご馳走になった。M君が高校からアメリカの大学に行ったこと、丁度バブルがはじけた頃で、卒業後、日本でよい就職がなく、永住権と市民権を取っていたのを生かして十年ほど前にこの会社を始めたこと。夫人も永住権を取り一緒にがんばっていること。現在、息子のM君は花嫁募集中、等々。夫人は六十五歳だが、非常に活動的で、圧倒されてしまった。私をとても気に入ってくれて、お別れするのが寂しい、隣に住んで欲しい人だと言ってくれた。異国の地で暮らす日本人の不利な立場に時々憤懣やるかたないのか、時に過激に思えるほど元気の良い意見を披瀝《ひれき》した。たいした女性だと思う。面白い人と出会えた、これも旅の貴重な収穫か。

〈平成十七年八月九日　火曜日〉

朝九時、クインシーハウスを出発、ローガン空港へM君が送ってくれる。

ボストン発デトロイト経由で帰国。

訳者あとがき

『シャーロット・テンプル』の翻訳を二〇〇三年七月に上梓した翌二〇〇四年の夏、ニューヨーク・パブリック・ライブラリーで偶然『ルーシー・テンプル』の貴重な初版本を発見した。『ルーシー・テンプル』は作者スザンナ・ローソンが一八二四年六十二歳で世を去って四年後、一八二八年にボストンで初めて出版された小説である。初版時のタイトルは『シャーロットの娘、または、三人の孤児たち』であり、序文として、サミュエル・ナップによる小論文「ローソン夫人の思い出」が収録されていた。しかし、第二版以降は概《おおむ》ね『ルーシー・テンプル』というタイトルで出版され、「ローソン夫人の思い出」は削除され本文のみになっている。

『ルーシー・テンプル』は『シャーロット・テンプル』の二百余版には及ばないが、それでも十九世紀中に四十版以上を重ねた。この作品が『シャーロット・テンプル』の成功に味をしめ、柳の下のどじょうを狙ったものでないことは、作者が生存中に書いていたにもかかわらず、死後その原稿が発見されたことで明らかである。モデルへの配慮があったという説もある。しかし、「ローソン夫人の思い出」に描かれた夫人の生き様は、あまりにも主人公、ルーシーの姿に重なっているではないか。悲しい宿命に従いながら、女子教育と慈善に身を捧げることで高い次元の世界を見つめて、気高く生きたルーシーの人生。ローソン夫人の私生活も決して幸せとは言えなかった。ボストン近郊のナンタスケット半島に住んでいた子供時代こそ幸せであったが、生後まもなく実母を亡くし、アメリカ独立戦争で捕虜になり全財産を失ってイギリスに帰国した一家を、まだ十代の少女スザンナが懸命に支えた。父に年金受給権を確保して結婚するが、生活力のないハンサムな夫は借金ばかり作る遊び人であった。自分の家族、夫の妹の家族を支え、夫と愛人の間の子供を引き取ってわが子として育てた。当時の社会の仕組みにより、女性である自分の収入はすべて夫名義になった。三十五歳でボストンのフェデラル・ストリート劇場の舞台女優をやめた後は、アメリカで最初の女子寄宿学校を設立して、女子教育に専念する。同時に執筆や、母子家庭救済の慈善事業も行って充実した晩年を送っている。

ニューヨーク・パブリック・ライブラリーの貴重図書コーナーで、初版本に収められている小論文「ローソン夫人の思い出」をデジタルカメラで撮影することを許していただけたのは幸運であった。一部手ぶれの箇所もあったが、プリントアウトしたこの論文を何とか読了した私は『ルーシー・テンプル』を日本語訳することは、ローソン夫人を「絵姿」にすることだと思えて、矢も楯《たて》もたまらず翻訳に取り掛かった次第である。

本書を出版するにあたって次の方々にお世話になった。セーレム大学及び日本赤十字広島看護大学の元教授パトリシア・パーカー氏には昨春来日された折に自宅近くの展望レストランで四方山話を交えながら、『ルーシー・テンプル』に関して示唆に富むアドバイスや激励を頂き、折にふれ、メールでの質問にも快く答えて頂いた。長年の友人、山本明美氏には『シャーロット・テンプル』に引き続き今回も何度も訳文を読んで頂き、日本語の自然な流れに関して貴重な助言を頂いた。夫、山本雅（広島市立大学教授）は、妻の迷惑そうな顔にもひるまずあれこれ忠告してくれた。溪水社の木村逸司社主及び寺山静香氏からは出版に関する種々のアドバイスを頂いた。

本書『ルーシー・テンプル』の原本はアン・ダグラス編ペンギン・クラシック版 *Charlotte Temple and Lucy Temple* を使用した。なお読者の理解を深める一助として訳者が入れた挿絵に関しては、広島日英協会事務局の渡辺幹郎氏から多くの資料を紹介して頂いた。また、ロンドン・メトロポリタン大学のマイケル・ニューマン夫妻からは『ハンプシャーの歴史』や南イングランドに関する本を贈って頂き、その写真や図解は小説の舞台を彷彿とさせてくれた。フィルモア社、リーダーズ・ダイジェスト社、メアリー・エバンス絵画ライブラリーからは挿絵使用に当たって、好意的な配慮を頂いた。ここに心から感謝の意を表したい。

訳者略歴

山　本　典　子（やまもと　のりこ）

1945年 広島生れ
1968年 広島大学文学部(英語英文学)卒
1970年 同大学院文学研究科修士課程修了
1998年 広島国際大学医療福祉学部専任講師
2004年 同　上　助教授
現　在 広島国際大学国際交流センター准教授
著　書 『ホーソーンの作品における女性像』
(溪水社、2001年)
訳　書 『シャーロット・テンプル』(溪水社、2003年)

ルーシー・テンプル

2007年5月1日　発行

訳 者 山　本　典　子
発行所 ㈱　溪　水　社
広島市中区小町1－4（〒730－0041）
電　話(082)246－7909
ＦＡＸ(082)246－7876
E-mail:info@keisui.co.jp

ISBN978-4-87440-968-8　C0097